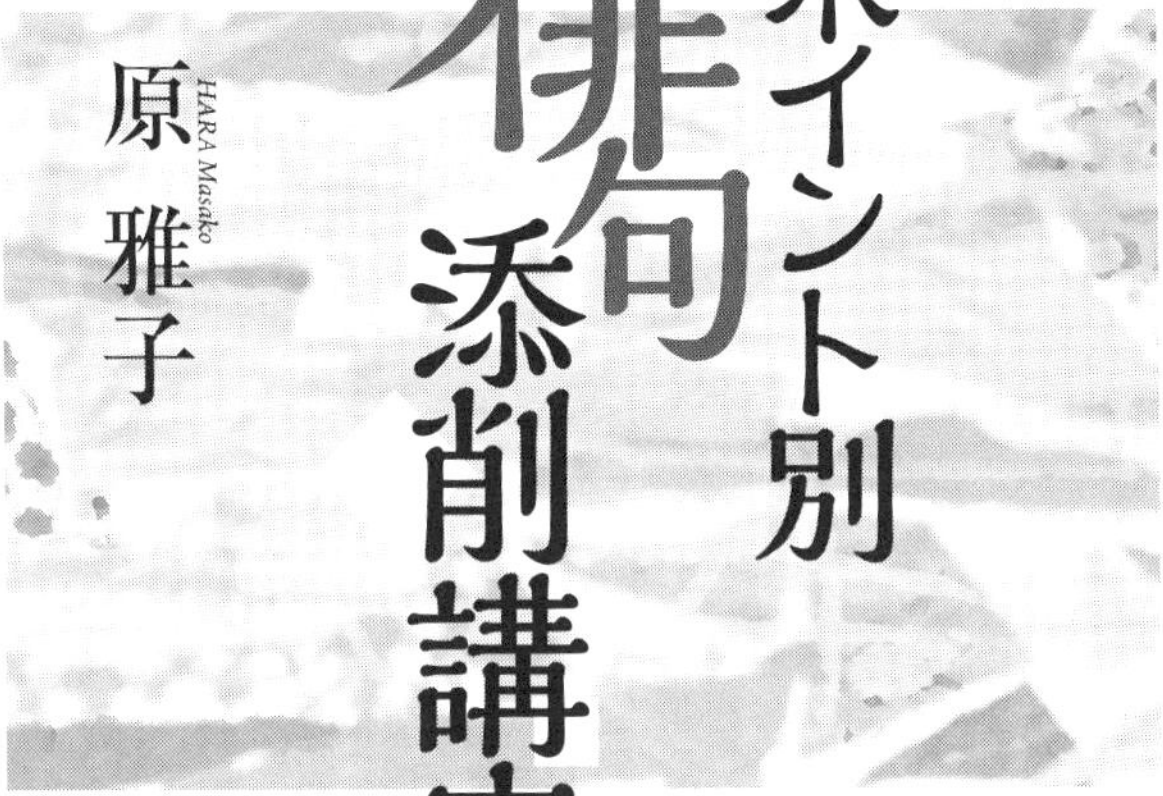

ポイント別 俳句添削講座

原 雅子
HARA Masako

飯塚書店

目次

一章　基本を見直す㈠

主題を生かす

《ポイント》

作品の主題とは、〈一句の中心〉もしくは〈核心〉となるものです。一番いいたいことは何か、それを見極めての表現、そして推敲が始まります。

まずは無駄な言葉を省いて主題を明確に示すこと。ふさわしくない言葉や曖昧な表現をしていないか見直すのは大切な基本です。そのためには自分の作品を客観的に見る眼を養うのが必要不可欠ですが、実はこれがもっとも難しいことかもしれません。

客観性などと簡単にいいますが、即座に身につく訳のものではありません。一人よがりに終わらない言葉を自分のものにするには、多くの作品を読むことが一見遠回りに見えて、一番確実な道程です。

幸い、歳時記には何百何千の用例が詰まっています。なかには理解しがたいものもあるでしょう。それは現在の自分には無縁として、まず共感できるものに眼をとめていきましょう。複雑な内容が簡潔に表現されていることに驚いたり、忘れていた語句を思い出したり、得るところが必ずあるはずです。そういう言語体験がいずれは自分の作品に反映されてきます。

言葉は本来伝達のための客観性を備えています。それを正しく、そしていずれは独創的に作品に取り込んでいきたいものです。

そのような積み重ねを繰り返していくうちに身についた言葉は、一句の主題をいきいきと立ち上がらせる作品を生んでくれるでしょう。

原句　畦道や稲刈る風の匂い立ち

〈稲の匂い〉ではなく、〈稲刈の匂い〉であるのが手柄。これが眼目ですが、表現上無理なのは「稲刈る風」という続き方です。これでは風が稲を刈っていることになります。

次に、実際の状況として、作者は「畦道」に立って稲刈を見、田を渡る風を感じているのですが、ここでの場の設定は一句の中心主題にとって必要だったかどうか。

不要な部分を省いた上で、主題が生きる言葉を探します。まずは上五「畦道や」に代わる言葉ですが、風景が広がりをもって想像できるようにしましょう。

歳時記の〈稲刈〉の例句を参考に。

稲刈つて飛鳥《あすか》の道のさびしさよ　日野　草城

夕空に身を倒し刈る晩稲《おくて》かな　長谷川零余子

前句のように、地名を入れる方法が考えられます。仮に上五を〈飛鳥路や〉とした場合と、「畦道や」を比べて下さい。同じ〈道〉には違いありませんが、地名が豊かな連想を誘い、おおらかな句柄になります。後句の「夕空」の場合は頭上の大きな空間が地上での労働の姿を際立たせます。

では原句に戻って、

添削　晴天の稲刈つてゐる匂ひかな

八方に稲刈つてゐる匂ひかな

作者は「風が匂う」というフレーズに思い入れがあるのでしょうか。その意図に添って手を入れるなら、

稲刈るや田渡る風の匂ひ立ち

とすることもできますが、こちらよりは、直截に核心を述べた、先の添削例です。なお原句「匂い」の表記は歴史的仮名遣いでは「匂ひ」です。

原句　秋深し明日香の群《むら》の遥かなり

「遥か」の語は、距離の遠さですが時間的な意味にもなります。つまり多分に気持の上での遠さを思わせます。作者の意図はそこにあるのかもしれません。歴史の中に浮かび上がる明日香という土地への遥けき思いです。それに対置された「秋深し」は、これまた情趣を曳く季語で、思い入れが強く出ます。句の世界がムードで終わってしまいそうです。「遥か」の代わりに現実の距離感をはっきり表現するのなら、

秋深し明日香の村を遠く見て

原句では上五と下五両方に切れが入って、一句の焦点が分散しています。「遠く見て」と、接続する形にとどめて、情感の流れがゆるやかに「秋深し」に還っていくように。「群」の字が使われていましたが、素直に〈村〉でよいでしょう。

次に、具体性のある季語を選ぶ場合です。いろいろ考えられますが、秋になって山地から人里に移ってくる鵯《ひよどり》など、どうでしょうか。柿を啄《ついば》んだりする姿がよく見られます。

添削　**鵯《ひよ》鳴いて明日香の村を遥かにす**

鴨の声が契機となって、彼方の村落がいよいよ遙かな距離に思われてくるということです。遠近の対比によって風景がくっきりします。このように主題を生かすために季語を動かす工夫も必要です。

原句　霜柱眠る古代の土器探す

正式な発掘調査ということではなくとも、土地によっては畑の土に混じって土器の破片が沢山出てきたりします。子供がたまたま見つけた土器の欠片が引金となって、大規模な遺跡調査に発展したという例もあるくらいです。遙かな古代に思いを馳せるロマンは多くの人の胸に宿っているのでしょう。作者もまたそのような一人かもしれません。大地に埋もれた遠い祖先の暮らし。原始生活に用いられた土器が、地中に〈埋もれる〉のではなく「眠る」といったのは、歴史の夢を思わせます。

「霜柱」は昔も今も変わらぬ自然現象ですが、作品中の大地を具体的に印象づけるとともに、句の表面には出ませんが氷る光のイメージも内包しています。「眠る古代の土器」は「霜柱」によって、実体感を与えられ、美しい夢をも感じさせます。

一句の主題はこれに尽きます。そもそもが、土器を探すことからはじまったにしても、作品の感興の中心はすでにその点を離れています。それならば、

添削Ⅰ　**霜柱古代の土器を眠らせて**

実際の現場での状況にしがみついてしまっては、表現された作品の実感に無用の夾雑物を交《まじ》えてしまいます。この場合「探す」の部分は、中心主題に不要のものです。

次に、「古代」の語について。これを明確にするとどうなるでしょう。〈縄文の土器〉〈天平の壺〉などのように限定すると、イメージが定まります。

添削Ⅱ　**霜柱縄文の土器眠らせて**

「古代」では漠然として、鑑賞の場合、ムード的に捉えることになりますが、具体的な名称ならば、たとえば狩猟採集の生活に思いを及ぼすとか、原始宗教の祭祀の場を想像するなど、鑑賞の際のイメージが絞られます。

作句のありかたとしてはこの方向に踏み込んでほしいのですが、もちろんそれも作品の内容次第です。わざとぼかしておく、そういうことが必要な場合もありますから一概にはいえませんが、少なくとも作者自身は対象をはっきり見極めておくこと、それが次の作品を深めていく姿勢につながります。

内容の吟味

《ポイント》

前項「主題を生かす」に関連して、何を詠むかと同時に、その内容の吟味が必要です。表現したいという意欲は自分が何に心を動かされたかが出発ですが、その感動が詩になり得るかどうかについては常に問い返さざるを得ません。その上で、表現の技術を磨くことになります。

実際の見聞や想像のなかから主題となる核心を見極める、まずはそこからはじまります。

原句　幼子の寝息に合わす団扇かな

内容からいきましょう。句意はよく分かります。冷房の無かった時代この光景は夏の日常でした。現在でもクーラーでの冷え過ぎを心配して、人工的でない団扇の優しい風を送ったりします。幼子の安らかな眠りを覚まさぬよう穏やかに団扇を動かす、その動作と心情を伝えているのが「寝息に合わす」の措辞でした。

さてそこで、「団扇かな」と据えた座五（下五と同じ意味です）について。

ここで読者の目は「団扇」に釘づけとなります。この作品で作者がいいたかったのは一句全体の内容です。「団扇」という物体に注目を集めることではありません。

「かな」の切れ字は「団扇」だけを受けとめます。行為全体にかかるようにするなら「幼子の寝息に団扇合わすかな」となりますが、動作が大げさになって、作品の温和な世界にそぐわなくなりました。「かな」の切れ字は詠嘆・感動の意が強いのです。

添削　**幼子の寝息に団扇合はせをり**

原句の「合わす」は現代仮名遣い、「合はす」が歴史的仮名遣いです。

原句　八の字にくぐる茅の輪の匂ひかな

陰暦六月晦日に行われる夏越《なごし》の祓《はらえ》。この神事では、人形《ひとがた》に穢れを託して川に流したり、茅《ち》の輪をくぐるなどの呪法があります。このようにいうと何だかものものしいのですが、各地の神社では境内に設えられた茅の輪を、老若男女がちょっと神妙に、あるいはもの珍しそうにくぐるという光景が見られます。

この茅の輪、茅《ちがや》を束ねて大きな輪の形に作ったもので、くぐり方に作法があって、文献などでは、左の足から入って右の足で出るとか、右廻り左廻り、三たび繰り返すなどと書かれたりしています。

原句の「八の字にくぐる」とは、この決まりごとをいっています。材料の茅は刈られてまだ日も浅く、青臭く乾いた匂いがしたのでしょう。これに気づいたのが作品の眼目になりました。大抵は、八の字にくぐったことに感興を覚えてそれだけに終わってしまい易いのですが、「匂ひ」の感覚が鋭い。茅の輪の実体が感じられます。

下五に手を加えます。

添削　**八の字にくぐる茅の輪の匂ひけり**

原句「匂ひかな」の場合、一句の核心は「茅の輪の匂ひ」だけに集中します。つまり、「八の字にくぐる」動作は効果を現しません。「匂ひけり」の場合は、くぐる動作があってはじめて茅の輪の匂いが感じられてきます。言葉の全体が緊密に結ばれ合っているといえるでしょう。

原句　豆しぼり女神輿を揉み合へり

若い女性が御神輿を担ぐ姿、なかなか粋なものです。祭の呼び物の一つになっているところもあるのだとか。豆しぼりの鉢巻に法被のお揃い、派手な歓声が上がったことでしょう。このままの形でできています。

今回は添削ということではなく、捉え方の違いでどんなふうに変わるかという例を見てみましょう。上五と下五を入れ換えます。

揉み合へる女神輿の豆しぼり

印象が違ってくると思いませんか。原句の方は神輿を揉む動きに焦点を当てています。かたや、例として出した方は豆しぼりの女性たち、つまり人物の方に焦点を移しました。表現の中心をどこに置くかで、言葉の用い方は変わってきます。

情景を明確に表現する

《ポイント》

みずみずしい感覚や深い思想は俳句にとって大きな武器です。けれどどんなにすぐれた感覚や思想があっても、十七音を駆使して形象化できなければ何にもなりません。まずは一つの世界を明確に描くこと、そのための言葉の技術が必要なのです。

原句　花篝舞い上がるもの花びらも

花篝は夜桜を観るために焚く篝火のことです。現在のようにどこもかしこも煌々とライトアップされていますと、篝火の必要もないと思ったりしますが、本来の目的のそれはそれ、夜桜見物に趣きを添える効果は充分果たしているようです。燃え盛る炎の揺れが桜に陰翳をもたらして、やはりなかなかのものです。華麗であると同時に幻想的な妖しさで桜が浮かび上がります。

そこで原句。炎の勢いが、散りかかる花片を火の粉とともに吹き上げているのでしょう。眼を奪われる美しさです。

「舞い上がるもの花びらも」の解釈として、花びらも舞い上がるものなのだという判断を示しているのなら、〈花びらも舞い上がるもの〉という語順がしぜんです。それなら、

添削Ⅰ　**花びらの舞ひ上がりけり花篝**

として、実体が明確に見てとれる形に収めます。

もう一つは、花びらの他に「舞い上がるもの」が別にある、という解釈です。これですと、原句のままでは舌足らずの表現になります。それが何なのかをいうべきでしょう。思いつくのは火の粉や炎ですが、

添削Ⅱ　**舞ひ上がる炎《ほ》も花びらも花篝**

としておきます。「花篝」を上五でなく下五に置いたのは、リズムの点からもですが、句の中心は「花篝」にありますから、そこに言葉が収斂していくようにしたいためです。

原句を一読したとき、「舞い上がるもの」で作者は花を幻想的に捉えたかったのかとも思いましたが、まずは具体的に描いてそこから余情として現れるものを待ちましょう。

「舞い」は歴史的仮名遣いでは「舞ひ」。

〈雪月花〉は日本の詩歌における代表的な景物ですから、その季節に一句ぐらいは詠んでおきたいものです。先達のすぐれた作例も併せて読んでみることをお勧めします。今回の〈花篝〉は〈花〉のバリエーションということになります。歳時記には次のような例句があります。

花篝衰へつゝも人出かな　高濱虚子
花篝月の出遅くなりにけり　西島麦南

原句　蔦茂る窓の明るさ聖歌隊

教会、もしくはミッションスクールなどに見かける小さな礼拝堂だったかもしれません。一読して後者のイメージが浮かんだのは、この句に荘厳さではなく爽やかな初夏の光を感じるせいでしょうか。

窓枠を縁どって青々と茂る蔦。射し込む陽光までが緑に染まっているようです。窓はやや高みにあって室内に光を投げかけているのでしょう。ここで下五を歌声だけにとどめてしまったら、この句はムードに終わっていたかもしれません。作者は「聖歌隊」として実体のある人の姿を表出しました。合唱のさなかであってもいいし、整列の途中でもいい、楽譜をめくったりする様子を想像しても面白い。「聖歌隊」であることで一句に現実味が生まれました。

蔦・窓・聖歌隊と、眼に見える具体物が並んでいて材料が多いのですが、「明るさ」の語が全体を繋ぐ役目をしています。

〈蔦茂る〉や〈青蔦〉の季語は、夏に鬱蒼と葉を茂らせてびっしり絡みつく印象からか、明るい句が少ないようです。

青蔦の這うて暗しや軒の裏　松本たかし
蔦茂り壁の時計の恐ろしや　池内友次郎
戦後の空へ青蔦死木の丈に満つ　原子　公平

いずれも蔦の暗い生命力のようなものを感じさせますが、原句はこれらとは別の視点で青蔦を捉えています。気持のよい作品でした。

原句　夏雲と言ふには早き育ち方

夏の雲の代表は積雲、積乱雲でこれは気象学上の呼び名。私たちには入道雲とか雲の峰という方が馴染みがあります。さかんな上昇気流によって生じる雄大な雲です。夏の雲という場合はこれに限るわけではありませんが、原句のようにどんどん大きく育っていく形状からすると、入道雲・雲の峰を思い浮かべます。

変化が早くて大きく動くのがこの雲の特徴ですから、「夏雲と言ふには早き」は矛盾しています。作者の意図は、単なる雲にしてはあまりに早く大きくなっていく、ということだったでしょうが、「夏雲」のイメージは単純な「雲」とは違います。

原句は作者の感想・認識を散文的に述べるかたちにとどまっていて、余韻を生じません。むくむく湧き上がる雲の速度に感嘆したのが作句の契機でしょうから、その驚きを読む側も共有できるような表現にしたいものです。いきいきと、臨場感をもって。

添削　**指さしてゐる間も育ち雲の峰**

「言ふには早き」と説明してしまわず、「指さしてゐる間」と具体的な動作で。さらに、中七の末尾を「育つ」として直接下五にかかるのではなく「育ち」としたところにも眼をとめてみて下さい。ここで一呼吸置くことで、「雲の峰」が強く現れます。

下五を「夏の雲」としないのは、これでは漠然として鮮明な像を結べないからです。一句の主題は雲ですから、これを眼に見えるように描きたい。

対照的な言葉の働きをしている句を紹介しましょう。

夏の雲湧き人形の唇一粒　飯田　龍太

「人形の唇一粒」という具象に対置させる場合、「雲の峰」では同じように具象的で一句の焦点が散漫になるようです。龍太は「夏の雲」を「形状よりもむしろ色感、碧空と対比したその白一色の感じ」と捉えていました。

原句　海霧襖隣家の赤子泣き止まず

〈霧〉は秋の季語ですが、〈海霧〉は夏の季語に分類されます。この〈海霧〉は〈じり〉と読みますが、おそらくは海辺の生活から生まれた特殊な呼称かと思います。辞書には「北海道地方に夏季発生する濃い海霧」とありますから、この地方特有の言葉かもしれません。もっとも、海での濃霧は北海道だけに限らないものです。

原句の背景には漁村や港町を想像しますが、近隣の赤子の声が聞こえてくるという生活感にふさわしいのは漁村でしょうか。そう思ってみると、もの淋しさが深まります。〈霧襖《きりぶすま》〉や〈霧の籬《まがき》〉の語は濃く立ちこめた霧によって視界が効かない状態を形容します。作者は「海霧」にこれを拡げて用いています。海上からの霧が浜辺の家々までも白く閉ざしている中で、赤子の声だけが強く、あるいはかぼそく続いている。現実の情景の背後に、人知を超えるものの存在すら感じたくなる作品です。

「海霧襖」は硬い韻《ひび》きの語ですが、中七以下のフレーズには平明な言葉の方が似合うでしょう。たとえば「海霧の中」「海霧深し」など。

添削Ⅰ　**海霧深く隣家に赤子泣き止まず**

下五が打消しの終止形で強く切れますので上五は切れを入れず「深く」として、なだらかに下に続けました。

中七は原句では「隣家の」となっていますが、添削例のように助詞を「に」とすると、〈隣家では〉つまり〈隣家においては〉の意が強まります。海浜の生活人事の句です。

もう一つの考え方として、作品中の「赤子」をどのように捉えるかということがあります。実際にはお隣の赤ちゃんであったでしょうが、それは作句の契機であって、表現の中心を海霧と泣き続ける赤子との対照だけに絞ってみます。先に、この句に人知を超えるものを感じるといいましたが、その方向に近づける場合、「隣家」という事実の部分を消すと次のように。

添削Ⅱ　**泣き止まぬ赤子に海の霧深し**

原句　つねよりも淡く香水さそわれて

「さそわれて」とは、香水の匂いに誘われるのか、外出のお誘いか迷いますが、前者なら「香水に」と助詞を入れるべきで、これはやはり知人からのお誘いと受けとっておきます。お芝居や音楽鑑賞、それともちょっとお洒落をしてお食事会など。ひょっとすると異性からのお誘いだったかもしれません。

そこで問題になるのが、香水を「つねよりも淡く」するということです。普段は使わない香水をつける、または、いつもより濃くする、というのなら、自然な心の向きとして頷けますが、わざわざ淡くするのはどうしてかと、疑問が生じます。香水を好まない相手であるとか、病院へのお見舞いなどなら納得できますが、それら背後の事情を加えるのは散文の領域になってしまうでしょう。その場合にはそれにふさわしい詠み方の工夫が必要で、たとえば「病む人に香水淡く見《まみ》えけり」とでもして、背後の事情そのものを押し出します。

一方、原句にはどこかしら甘やかな浮きたつ気分がありますから、そこにポイントを絞ってみましょう。そうなると、「つねよりも」はいわずもがな。単に「淡く」だけで充分です。

会ふための香水淡く纏ひけり

さらにもう一歩突っこんで考えますと、「香水を濃く」ならば相手に対する何がしかの気分、気負いのようなものが出てくるのですが、「淡く」では読者の想像を刺激してきません。むしろ、ここを省いて単純にすることで、句意が明確になります。

添削　**会ふための香水の香を纏ひけり**

この場合、「香水」だけで香りは想像できますから「香水の香」は一見、無駄のようです。ただ、このように強調して効果的な場合もあるという一例です。歳時記の例句も紹介しておきましょう。

香水の香ぞ鉄壁をなせりける　中村草田男
香水の香の内側に安眠す　桂　信子

この二句、男性と女性の捉え方の違いを示していて、興味深い作品です。

原句　萬緑のしずくしたたる棚田かな

傾斜地に層をなして作られた棚田は、国土の狭さの象徴ともいえますが、その労働の大変さはともかく、実に美しい眺めです。

いま、この棚田は見渡すかぎりの緑に取りまかれています。作者はその印象を、緑したたるばかりと感嘆して捉えたのでしょう。

〈万緑〉の季語を定着させたのは中村草田男の「万緑の中や吾子の歯生え初むる」であるというのが定説で、漢詩の「万緑叢中紅一点」から取られた言葉です。歳時記解説では、辺り一面の緑、そして夏の大地の生命力を強調しています。

そうすると、原句の「しずく」（歴史的仮名遣いでは「しづく」）は総体的な〈万緑〉の語に対して部分的すぎます。緑したたる、ならば違和感はありません。

添削　**万緑のしたたるばかり棚田かな**

もしくは、

満目の緑したたる棚田かな

となります。次に考えたいのは「したたる」という常套的な表現です。言葉を飾らず簡明にするのなら、

満目の緑のなかの棚田かな

とする方法もありますが、作者としては表現に工夫した部分を省かれてしまって、もの足りないかもしれません。一つの方向性としての参考です。

〈萬緑〉の「萬」は旧字、「万」は新字です。現在では出版物のほとんどが新字使用ですが、旧字や本字にこだわる場合は混在させず統一して使ってください。

原句　山晴や逆白波の秋の川

〈天気晴朗なれども波高し〉のような状況です。ただし原句には〈なれども〉に匹敵する逆接表現はありません。「逆白波」といえばかなりの強風のはずですが、一句を順序通りに辿ると、山がくっきり見える上天気から突然の「逆白波」に続きます。これは景色としては突然の変化です。この間を繋ぐ掛け橋がないため統一されたイメージが結べないのです。

晴れてはいるけれども風がある、それを無理のない表現にすると、

晴れながら逆白波の秋の川

「晴れながら」と条件を付けるフレーズにします。原句では「山」「川」と視線が二つに割れていますから、「川」の情景に絞って唐突さを抑えました。

作者は「山晴」に思い入れがあるでしょうか。たしかに景色と気象を同時に感じさせる気持のよい言葉です。生かす方法を探してみましょう。「山晴や」と切らずに「山晴に」と関連させる語法で山と川の対比を強調することもできますが、

添削　山晴に颪出《い》でそめし秋河原

山と川という対比は平凡になりやすい。川波であっても同じようなものです。せめて〈河原〉の砂地や石に眼を転じて、場の質感を強めてはどうでしょう。颪の吹きはじめた広い空間を作品の中心に据えて近景を完成させます。

原句　冬ざれや虫喰いだらけの心《しん》柱《ばしら》

「心柱」は仏塔などの中心をなす柱のこと。この作品では特に何処の建築物であるかをいわなくとも「心柱」の存在感だけで句が成立しています。読者は自由に自分の想像を広げて句を味わえばよいのですが、たまたま作者の別の句に薬師寺の東塔を詠んだものがありましたので、この作品もそれであろうかと推察します。

近年、奈良薬師寺の東塔は内部を一般公開しました。薬師寺に唯一現存する奈良時代の建造物、国宝です。塔の核心ともいうべき心柱は直径九十センチ、歳月の長さに耐えて太々と存在しています。

先に述べたように、この句からは何処を想像しても構いません。過去の時間の堆積を感じさせる「虫喰い」痕への着目が一句の中心でした。

このままで情景は充分に描かれていますが、重厚な素材にふさわしい格調を出すために「虫喰いだらけ」という日常語を別の表現に改めます。

添削　**冬ざれや虫喰ひ著《しる》き心柱**

〈著き〉は、ありありと際立っている意です。

「冬ざれ」は、風化に耐えて残った心柱の存在を強調するすぐれた季語の選択でした。

原句の「虫喰い」の表記は歴史的仮名遣いでは〈虫喰ひ〉です。

作者の感想を述べない

《ポイント》

初心の人の陥りやすいのが、はやばやと自分の感想を述べてしまうということかもしれません。伝えたい気持が先走ってしまうのです。踏みとどまって客観的に叙述する態度を養いましょう。

原句　岩木山たわわな林檎似合いけり

岩木山は青森県を代表する山。津軽富士の異称を持つ、姿の美しい山です。一方、林檎も同じ県の名産。収穫期を迎えて紅を点じるように実った果樹園の景色は、岩木山を背景にこれほど似つかわしいものもないでしょう。

とはいえ、この「似合いけり」は作者の感想です。感想を押しつけられてしまっては読者に想像の余地はありません。読者にとって作品の背後に広がる語られなかった部分を想像することこそ鑑賞の醍醐味なのですから。つまり必要なのは景だけを示すことです。「岩木山」と「林檎」、これが一句の核になります。

添削　**岩木山聳えて林檎たわわなり**

現地で林檎栽培に携わっている人であれば、収穫作業を表す表現など、臨場感があってよいのですが、今回は、眺めた風景としての添削例です。

原句　窮屈は楽しさに似て掘ごたつ

なるほど、本当にそんなものかもしれません。掘炬燵を中心にした団欒の場。押し合い圧《へ》し合い坐る大家族か、それとも友人同士の集まりでしょうか。四隅の柱が邪魔になって、はみ出す人も出そうなありさま。それもまた多人数の楽しさのうち。

さてそこで、「楽しさに似て」のフレーズを改めて見てみます。

「似て」いるというのは、作者の感想・判断です。冷静に説明されているような気がしませんか。客観的な説明ではなく、眼前の景を臨場感溢れるように描きたい。「似て」を取り去って、〈楽しいのだ〉と断定してしまいましょう。

添削　**窮屈に坐りて楽し掘炬燵**

「楽し」もまた作者の感想には違いありませんが、ここでは打ち興じている素直な情として無理なく収まりました。

一人よがりの表現に注意

《ポイント》

自分にとっては当たり前の言葉であるものが、実は正確でなかったり一般的ではないということがよくあります。日常語にも注意を払いましょう。

原句　酢を打ちし白米ひかる春ちらし

台所仕事の喜びに溢れた句です。散らし鮨は料理上手の腕の見せどころ。酢を吸い込んだ御飯は実際眩《まばゆ》いばかりの照りを見せますが、作っている人の気持の輝きのようです。

一句の眼目はもちろん「白米ひかる」ですが、「白米」は精白した生米のこと。ここでは炊いた御飯の筈です。そして末尾に置いた「春ちらし」。春先の旬のものを取り合わせた散らし鮨でしょうが、これは熟していない言葉です。さらに残念なのは、上のフレーズに説明としてのオチをつける結果になっていること。句に広がりを持たせたいものです。

背景を考えてみましょう。何かのお祝いごと、もしくは行事など。

添削　酢を打つて飯粒ひかる春祭

「打ちし」でなく、「打つて」としたところにも眼をとめて下さい。「し」は過去回想の助動詞「き」の活用形、などと文法のむずかしいことを持ち出さなくとも、「打つて」とした場合、ただいま眼の前で行われている動作といういきいきした感じになります。

原句　海の音夕暮の音して葭簀立て

「葭簀」は海の家や売店などに立てかけてあるのをよく見かけます。葭を編んで作った日除けです。

暑かった一日がようやく暮れかかる頃、葭簀にうすうすと射す夕影に、作者もゆとりを取り戻しているようです。気持に余裕がなければ音を感じることはなかなかできません。いい感覚です。

そこで、「海の音」ですが、ここははっきり「波の音」と限定することで読者にも明確な印象が刻まれます。次に「夕暮の音」。これはさらに曖昧で、多分に心象的な言葉になります。「夕暮」からは光や色を感じることはできますが、音に転換するのは強引です。もう一つの問題は「葭簀立て」の「立て」。これでは、夕方になってから葭簀を立てましていることになってしまいます。用途が用途ですから、日が落ちてから準備することはありません。葭簀はすでにそこに立てかけてあるはずです。

これらの問題点を整理すると、

添削　**波音の日暮となりし葭簀かな**

原句　寒の入り全霊締める音のする

俳句の特徴を大雑把に括りますと、客観的な写実に徹した作品と主観的な感覚を前面に出したものとに大別できそうです。

いずれの場合も、言葉の選択や組み立てによって、自分の気持をどれだけ表現に生かせるかが要《かなめ》ですが、一人よがりだったり舌足らずだったりしていないかどうかを、推敲によって正していきます。

さて、原句は先述した特徴のうちの後者に属します。「全霊締める音のする」は、作者が自分の感覚を何とか言葉に置き換えようとした結果です。一年中で最も寒い時期を迎えて、身の引き緊まるような冷たい空気を表したかったのでしょう。音がする訳はありませんが〈キーン〉という音なき音が聞こえるような気にさせられます。

とはいえ、「音のする」は、実際に聞こえる場合の表現です。それに対して「全霊」は観念です。観念には観念に見合った言い取り方をするべきですし、「全霊」の語自体、何を指すか曖昧です。

意欲的な作品ですから、以上で述べた問題点を参考に推敲してほしいものです。一案として次のように。

添削　**たましひのひびくごとくに寒の入**

〈寒の入〉という具体的な季語の印象を強く出すために、他の部分を平仮名書きにしましたが、作者の気持に近い表記を選んで下さい。

報告を抜け出す

《ポイント》

これこれの出来事がありましたと述べるだけに終わっているのが報告。そこには発見の驚きも感動もありません。

単なる事柄の記述ならば散文で済むことです。五七五のリズムを駆使して、一瞬のきらめきを発止と摑む俳句の言葉を目指しましょう。

原句　何人かは見上げて通る銀杏の実

いちょうは雌雄異株で雌花が受精して実を結ぶ珍しい植物です。晩秋、葉が黄ばんでくる頃、葉叢から黄熟した実を覗かせています。地面に落ちて踏まれたりすると相当な悪臭を放ちますが、このいちょうの実、つまりぎんなんが美味しいことはご存じの通り。

落ちているのを見て気がつく場合が多いのですが、知っている人は「やあ随分成っているな」などと木を振り仰いでゆくのでしょう。たまたま一枝にかたまっているのを見つけると、あっちの枝にもこっちの枝にもと次々に目に入ってきます。

原句はそういう通りすがりの人々の様子を描いています。確かに全ての人が見上げてい く訳ではない、気がついた数人だけの動作ですが、「何人かは」の「は」という強調が句を説明的にしています。不必要な限定です。

何人か見上げて通る銀杏の実

これで充分ですが、まだ状況の報告だけに終わっています。

さらにこの「何人か」というのは、同時ではなさそうです。さっきも一人、また今も一人、といった具合に時間の経過の中で眼にした光景らしい。

添削 **また一人見上げて通る銀杏の実**

とすれば、景に動きも出てきます。

原句　稲の出来問はれて答へ田んぼかな

そろそろ収穫の時期にさしかかって、稲の実の入りはどうかと確かめているさなか、来合わせた知り合いとのやりとり。そんな場面でしょう。「今年の出来はどうだね」「ああ、台風を心配したが何とか無事に過ぎてくれて、実の入りも良さそうだし来週あたりから忙しくなるな」、そんな会話が聞こえてきそうです。

「問はれて答へ」は、そのままの事実ですが、このように〈問われる〉〈答える〉という一連の動作・作用を示すフレーズが浮かんだとき、どちらか片方にしたらどうなるかと考えてみます。たとえば〈抓（つま）んで捨てる〉、〈押して入る〉なども同様で、むしろ一つの動きに絞ることで内容が鮮明になります。〈問われる〉か〈答える〉か、どちらが情景をいきいきと見せるでしょう。作者がどちらに重点を置くかですが、取りあえず、

稲の出来問はれていたる田んぼかな

として、次に下五の「田んぼかな」。これでも一通りの景にはなりますが、もう少し視線を近づけて、

添削　**稲の出来問はれていたる稲の中**

これで、稲穂の中から半身突き出している姿まで見えてきます。「稲……稲」とたたみかけて、面白味も加えました。

原句　足湯ぬくもる友と二人の秋一日

親しい友人との小旅行。行楽地などで足湯が設置されているのをよく見かけます。歩いた後の疲れを癒してくれる、なかなかいいものです。

秋晴れの一日、仲良し二人が足湯に浸って会話も弾む。

情景はよく分かります。細かい部分の無駄を省いて引き緊めましょう。まず、「友と二人の秋一日」の、説明的で冗漫な点と上五の字余りを工夫すること。

添削　**秋うらら足湯に友と並びゐて**

「友と二人」の姿を眼に見えるように描きます。原句に表現されている幸福感は〈秋うららら〉の季語に受け持ってもらいましょう。

この季語は、秋晴の穏やかな天候と気分を伝えてくれます。これなら「ぬくもる」までいわずとも充分です。

原句　大き雪ゆっくり落ちて来て積もる

〈雪・月・花〉に夏の〈時鳥〉を加えると、詩歌の伝統的な季節の景物が揃います。なかでも〈雪〉は文芸の世界にとどまらず、日常生活に大きな影響を及ぼす冬の気象です。形態を表す呼び名だけでも小雪、粉雪、牡丹雪、綿雪、細雪、吹雪など枚挙に暇がありません。地域や生活環境の違いによって関心の持ち方もさまざまですが、大雪による被害ばかりではなく〈雪は豊年のしるし〉ともいわれて、積雪に一喜一憂するのはスキー場ばかりではありません。

〈雪〉を詠んだ句は、古俳諧から近現代に至るまで数多くあります。近年、世評に高かった作品に、

まだもののかたちに雪の積もりをり　片山由美子

があって、雪の積もり始めた様子を活写した秀句でした。すでに一面の雪に覆われているけれど起伏は明らかに見て取れる。ちまちました写生ではなく、本質を大摑みにした、写生のお手本のような作品です。

そこで原句。こちらは降る雪の一片に着目しています。牡丹雪でしょうか、とりわけ大きな雪片に眼を惹かれたようです。そこだけ時間がゆっくり流れているように印象されるのは「ゆっくり」の形容に加えて句またがりの「落ちて来て」という緩《ゆる》い表現の効果も相《あい》俟《ま》ってのことです。

一句の核をなすのは、雪の大きさと速度です。この場合「積もる」までいってしまうのは、作品の主題からは蛇足です。「積もる」は当然の帰結であって、事実の報告にすぎないために、散文的にオチがついてしまいました。

添削　雪一片ゆつくり落ちて来て大き

散文的な構文であることに変わりはありませんが、末尾に「大き」を持ってくることで、発見の驚きが生まれて、単なる事実報告から抜け出せるでしょう。

上五は〈雪ひとひら〉〈一雪片〉などの語も考えられます。他にも工夫してみて下さい。

降る雪の状態を詠んだ例句に、

むまさうな雪がふうはりふはりかな　一茶

雪はしづかにゆたかにはやし屍室　石田波郷

前句、「むまさうな」は「うまさうな」。通俗卑近な庶民感情を臆せず一句に取り入れた一茶らしい俳句です。

引き緊まった表現

《ポイント》
簡潔で力強い表現を生むためには、内容に無駄がないこと、リズムが緊密なこと、この二つが特に重要です。

原句　番屋の灯二百十日の海照らす

これはみごとでした。番屋といえば鰊や鮭漁をすぐ思い出しますが、漁期に漁夫たちが寝泊まりする小屋です。

「二百十日」は立春から数えて二百十日目、九月一、二日ごろになります。季節の変わり目に当たるこの時期は気象変動のため大風雨となることが多く、農作物に多大の被害を与えるので農家にとっては要注意ですが、もちろん海上の荒れもひき起こします。原句は海浜生活に題材を取って詠まれています。

二百十日という日付に意味があることで、実際に風雨が来ているかどうかは句の表面上はいわれていませんが、厄日ともいうこの日のどこか不穏な海の気配は充分に伝わります。風が出はじめているのかもしれません。番屋からの明かりが暗い海に射し込んで、鉛色の波のうねりを見せているのでしょう。

無駄のない引き緊まった句です。

原句　岸壁の母の歌聞き水洟落つ

〈岸壁の母〉。太平洋戦争を経験した世代にとってこの歌は忘れられないもののようです。生死のほども分からぬまま、港の岸壁に立って父や子、夫の帰還を待った女性は当時どれほどいたことでしょう。その内の一人、引揚船で復員する一人息子を舞鶴港で待ち続けた母がこの歌のモデルだったそうですが、敗戦の年からはじまった引揚船の終了は昭和三十三年。誰しも身につまされて〈岸壁の母〉を聞いたのでしょう。

それからの長い歳月、記憶は風化してはいない。この句はそのことをまざまざと教えてくれます。

散文で書くならば原句の通り。けれど、俳句という引き緊まった形で、万感の思いを伝えようとすればどうするべきか。何を省略し何を加えたか、次の例で見て下さい。

添削　**水洟やいまも岸壁の母の歌**

常識や通念を越えた把握を

《ポイント》

私たちは何のために俳句を詠むのでしょう。何かをいいたいという気持、それは自分の思いの表出です。誰のものでもない自分だけの実感を大切にするとき、使い古された常識や通念にまみれた表現で満足したくはありません。

原句　白梅や天神の絵馬に多き誤字

天神さまはいわずと知れた学問の神様。すぐれた学者だった菅原道真を祭神とする天満宮が各地にあります。試験の時期になると合格祈願の絵馬がずらりと掛かっているのは壮観ですが、せつない受験生の願いのそれはそれとして、おやおや、こんなに誤字が多いようではとてももとても——という作者の苦笑が眼に見えるようです。

表現がごたごたしています。まず中七以下、語順を入れ換えてすっきりさせると、

誤字多き天神の絵馬梅匂ふ

下五を「梅白し」としないのは、文字と花の色のどちらも視覚に関わって、印象が分散されるからです。

さらに、原句には天神さまの由来にもたれた理屈が二つあります。一つは先にも述べた、学問の神様だというのに絵馬には誤字がある、との感想。もう一つは道真の和歌として有名な「東風吹かば匂ひおこせよ梅の花主なしとて春な忘れそ」に寄りかかって、梅の花を背景に持ってきている点。

このように常識や通念による理屈を、「成程なあ、面白い」と思ってしまうか、それとも自分の実感を大切にしようとするかで、作句のありかたが分かれます。

天神と梅、このどちらかを外したいものですが、とりあえず「梅」を外すとして、ではどんな季語が考えられるでしょう。皮肉さを宥《なだ》めて、包みこむような言葉、〈うららか〉〈暖かし〉〈長閑《のどか》〉など。

誤字多き天神の絵馬暖かし

「天神」を外すと、

添削　うららかに誤字多き絵馬掛かりけり

眼前の事物だけに焦点を当てた一例です。

原句　たちまちに火の走り行く野焼かな

早春、芽吹きの時期を迎える前に、枯草を焼き払うのが〈野焼〉。害虫を駆除して、次に萌え出る飼料の草の成長を促すのと、山菜類の発育をよくするためだといいます。〈野火〉は野焼の火のこと。

原句は、ある程度の距離をおいて「野焼」の全体を捉えています。確かに「野焼」というのは誰が見てもこのようなものですし、一句のリズムも整っています。その上で、欲をいえば作者だけが捉え得た「野焼」の情景を描きたい。部分的な手直しでどうこうするといったことではなく、ものをどのように見たか、感じたかという基本に関わります。

こういう場合には添削よりも、先人のすぐれた作品をお手本にするのが一番。

野を焼けば焔一枚立ちすすむ　山口　青邨
走る野火とどまる野火や阿蘇の牧　有働木母寺
古き世の火の色うごく野焼かな　飯田　蛇笏

三句それぞれに作者の個性が発見した野火の情景が描かれています。青邨句は野火が一枚の板のように燃え進んでゆくさまです。木母寺句は野焼の火がある部分は走るような勢いで、またある部分ではとどこおっているという眼の利いた表現がなされています。蛇笏句は前二句とはやや趣きが異なって、野火というものを主情的に捉えています。

いかがでしょうか。ただし、原句がまったく悪い訳ではありません。先にも述べましたように一句のリズムなど勢いがあって堂々としたものです。さらに次の段階を目指す参考として付言しました。通念や常識を下敷きにした把握を抜けて、その時その場の実感の在り処をしっかりと見極めること、それを大事にしましょう。

原句　蒲団干す陽の香ふんわり母の貌

誰の気持の中にもこういう思いが宿っています。十中八九の共感を呼ぶことでしょう。さてそこで、万人共有の感情に訴える内容ということには二種類あって、いわれてみてはじめてああそうだと自分の気持を掘り起こされるように感じる句、もう一つは、ありふれた共感にとどまる句、その二つに分かれます。

問題は〈ありふれた共感〉の場合。大方が常套的人情に通じてしまうのです。原句もその点を免れません。

蒲団から日の匂い、そして母を感ずるという一連の連想は沢山ありすぎて作者だけの切実な発見にはなり得ません。厳しくいえばそういうことですが、作者には捨てがたい思いがあるのでしょう。類句類想を恐れず自分の素直な感情を表出するという基本に立ち返って見てみます。

甘くなりそうな言葉は「ふんわり」です。これを省きます。

添削　**蒲団干す陽の香の中に母の顔**

原句では「貌」と表記されていますが、ことごとしく感じられますから一般的な〈顔〉

の表記で。

同一句材の例には次のような句、

冬蒲団妻のかをりは子のかをり　**中村草田男**

寝かさなき母になられし蒲団かな　**岡本　松濱**

後句の「寝かさ」は「寝嵩」。作者の岡本松濱は現在では知る人の少なくなった俳人ですが、「ホトトギス」において人事句に評価の高かった人。「その人事句は、ときに艶冶な匂いを湛え、ときに哀切な韻を発した」と、安住敦が評しています。

二章　基本を見直す(二)

語順の工夫

《ポイント》

俳句の内容を支えるのは〈形〉。内容を生かすために句にどのような姿を与えるかということで、内容と形とは本来不可分のものです。とはいえ同時的に作品が成立する僥幸は稀ですから、ほとんどの場合ももやもやと浮かぶイメージを十全な言葉で定着させる努力が必要です。以下に述べるのは、そのための考え方や工夫です。

意味が正しく伝わるように、さらには内容が鮮やかに印象されるように、言葉の取り換えや並べ方の工夫から見ていきましょう。

原句　降り急ぐアカシアの花人恋し

本当のアカシアは日本には自生しておらず、通常私たちがアカシアといっているのは正確にはニセアカシア、もしくはハリエンジュと呼ばれる植物です。

ともあれアカシアとして親しまれてきたこの花は蝶形の白花を房状につけてよい香りがします。街路樹に使われていることも多く、どこかしらロマンを感じさせる花です。

原句はそんな気分を反映しています。「人恋し」は甘いといわれそうな言葉ですが、ご心配なく、江戸時代すでに次のような句があります。

人恋し灯ともしころをさくらちる

作者は加舎白雄《かやしらお》。蕪村より少し遅れて出た人ですが、近代の作品といっても通りそうな憂愁を帯びたすぐれた句がいくつもあります。

さて原句ですが、ここでの「人恋し」は唐突に置かれています。白雄を真似るわけではありませんが、上五に据えると、この気分が全体にゆきわたります。さらに「降る」よりも「散る」の方が素直です。「人恋し」に重量がありますから、他の部分はなるべく際立たないように。語順を入れ換えて、

人恋しアカシアの花散り急ぎ

上五で切れますから下五を終止形で切らずに「散り急ぎ」と連用形でとどめます。この形では、上五と以下の部分とは別々の事柄になります。もう一歩踏み込んでこの二

つのフレーズを関係づけましょう。

添削　**人恋しアカシアの花散ればなほ**

これなら、「人恋し」が一句の中で浮いてしまわずに収まります。

原句　土用太郎雲梯の子ら夕暮れて

暦の上の土用は春夏秋冬それぞれにありますが、現在では盛夏の土用がよく知られています。だいたい七月二十日頃から立秋まで。土用の入りの日を土用太郎と称して、次の日が次郎、さらに三郎と続きます。

その暑い一日が暮れて、遊んでいる子供たちの姿も夕日に長い影を曳きはじめる頃。原句は、生気に満ちた夏という季節の中に一抹の淋しさを感じさせます。

「雲梯」は水平もしくはアーチをなした梯子《はしご》状の遊具ですが、この句は具体的な遊びをいったことで鮮明な像を結びました。これをただ単に〈遊んでいる子〉としてしまったら、ムードに流れてしまうでしょう。手堅い捉え方でした。

次に、季語の「土用太郎」について。たとえば利根川を坂東第一の川という意味で坂東太郎と呼ぶように、これは擬人化した名称です。句中に「子ら」が出てきますから、人を連想させる語を重ねるのはうるさくなります。普通に〈土用入〉として、

土用入雲梯の子ら夕暮れて

となりますが、下五が緩く流れています。「土用太郎」の場合でも同じことです。緊密なリズムに整えましょう。

添削　**雲梯の子らに日暮や土用入**

中七に切れを入れて語順も入れ換えました。下五に置かれた季語が全体を引き緊めます。

原句　大鷹の力みなぎり風を切る

大鷹は低山帯の森林で繁殖。松などの樹上に巣を作りますが、一時、数を減らしていて、棲息する森林を守ろうという運動が起こりました。

猛禽類は、鳥類や小動物のように動く生きものを捕食しますから、飛行は迅速、翼は逞しく強くなるのでしょう。

原句はその「大鷹」の飛翔を力強く捉えていますが、〈力が漲って、そして風を切る〉という語順が散文的で、句を平板にしています。風を切り裂いて飛ぶための翼に、ひたひたと力が満ちているという緊張感が出るとよいのですが。

「力みなぎり風を切る」は飛ぶプロセスを述べています。これを一瞬の把握に近づけると、

添削　**大鷹に風切る力みなぎりぬ**

加藤楸邨に、次のような作品があります。

しづかなる力満ちゆき蟆蚸《はたはた》飛ぶ

〈蟆蚸《はたはた》〉はバッタのこと。こちらの方は、飛ぶまでのプロセスを拡大して見せたところが一句の焦点です。

原句　水鳥も日溜まり恋しかたまれり

湖沼や河川などに群れている水鳥です。原句は、明るく日の射している水面に集まっている鳥を眼にした印象を捉えました。

内容を理屈っぽくしているのは、まず、「水鳥も」の「も」。人間（作者）のみならず水鳥もまた、という意を含ませている点です。もう一つは〈日溜まりが恋しいので集まっている〉という理由づけです。

作者の把握の中心は中七にあります。擬人化した捉え方ですがここを生かしましょう。

次に、〈かたまる〉の語ですが、水鳥の柔らかなイメージからは違和感の残る形容です。鳥のしなやかさが消えてしまいそうです。

「水鳥」も、種類を特定すると鮮明な像が浮かぶでしょう。

添削　**日溜りを恋《こ》ふかに群れてゆりかもめ**

語順を換えてこのように。「ゆりかもめ」は一案ですが、この鳥は別名を都鳥。隅田川や宮城のお濠などでも見かけます。

原句　学び舎の春待つ銀杏幾年か

冬の寒さもそろそろ終わりを告げる頃。近づく春を心待ちにする感情が〈春を待つ〉の季語です。

厳しい冬の間、葉を落とし尽くして立っていた銀杏の大樹。校庭の一隅に佇んで見上げれば、四季折々に生徒たちを無言で見守ってきたこの銀杏の長い歳月が思われて、もうすぐ佳い季節になりますよ、と声をかけたくなったかもしれません。人も樹も等しく春を待ち望んでいるのでしょう。

句意はそういうことですが、「幾年《いくとせ》か」の語が句末にぽんと置かれているために、唐突な感じがします。一句の中に溶け込ませて。

添削　**学び舎に幾とせ春を待つ銀杏**

「幾年」の表記を〈幾とせ〉と仮名混じりにして柔らか味を加えましたが、これは作者の好みでどちらでも。

無駄な部分を省く

《ポイント》
言わぬは言うに勝る、これと同じことが俳句についてもいえそうです。簡潔に述べて言外の思いの深さを感じとらせること。
俳句が力を発揮するのはこの短さのゆえです。省略や断定など、無駄を排した緊密な表現力を磨くのは句作の第一歩であり、ずっと続けていくことなのです。

原句　紫陽花の水切り済ませ勤務の朝

生け花で、花の水揚げをよくするために水の中で茎を切るのが「水切り」。出勤前のひととき、慌しい時間ですが、作者は花瓶の水を取り換え、紫陽花を活けて仕事に出かけたのでしょう。生活の中の小さなゆとり、こういうことが日常の贅沢というものかもしれません。

材料が多くてごたごたしているのが残念です。一句の核となる部分を大事にして、細部を整理したいのですが、まず中七の部分、ここは紫陽花が美しく活けられていればそれで充分。水切りとか、水の入れ換えといった細かい行為を述べても効果はありません。では、「花瓶に挿す」または「窓辺に置く」でどうかといえば、これまた平凡で、作者らしさといったものも見えてきません。

作者はまだ若い女性ですから、そういう年代の人の雰囲気が出ると良いのですが。例えば、当り前の花瓶などではなく、生活の匂いを感じさせるペットボトルとか、逆にお洒落なガラス器といったもの、たとえばグラスなど。

紫陽花をグラスに挿して勤務の朝

さてそこで今度は「勤務の朝」です。この措辞は、いかにも報告的に響きます。これから仕事に出かけるのですから、きりっとした爽やかな表現に。

添削　**紫陽花をグラスに挿して出勤す**

紫陽花は梅雨空の下、量感のある花を咲かせます。その印象は時として、

紫陽花の醸せる暗さよりの雨　桂　信子
かなしみはかたまり易し濃紫陽花　岡田　日郎

のような句を生みますが、新鮮な眼で捉え直すのも大切なことでしょう。

原句　走り来て夏蝶黒しと声高に

小さな子供が夏に姿を現す黒揚羽を見つけたのでしょう。黒い蝶の仲間の烏揚羽など、これらの蝶は普段見かける蝶とはいっぷう変わった印象です。異様、といってもいいくらいのものです。「ほらほら、真っ黒なちょうちょがいるよ」と、一所懸命指さして教えている様子です。

「走り来て」も「声高」も、そっくりその通りの事実でしょう。ただし作品にする場合、あれもこれもいってしまうとかえって印象が薄まります。感動の中心をただ一つに絞って読み手に渡すことで鮮明になります。どちらかを省いて。

さらに、ここでは「夏蝶黒し」となっていますが、会話の場合「蝶黒し」というのが普通です。わざわざ「夏の」蝶が黒い、という条件つきのもの言いはしないでしょう。話し言葉としての表現になっていますから、この「夏蝶」は不自然です。となると、「揚羽黒し」くらいが妥当なところ。

人物の姿も、具体的に特定して眼に見えるように。

添削　**幼な子の声を上げたる黒揚羽**

原句　うつむくも蟬に誘われ雲の中

いくらか重い気分に囚われていたのかもしれません。ふと、蟬の声に気づいて耳を澄まし、心がのびやかになっていったのでしょう。

童話ならば蟬に連れられて雲の国に遊びに行ったという奔放な想像の世界も可能ですが、ここでの「雲の中」は心象としての、つまり雲中にいるような心持です。

原句は「蟬」ですが、鳴いている声をはっきりイメージできるように。さらに、句の中心はその蟬の声によって呼び覚まされた心持ですから、「うつむくも」という条件づけの部分を省きます。あれもこれも取り込んでしまうと主題がぼやけます。

「うつむく」で表現したかった心の屈託を中心に据えたい場合は、また別の形を工夫することになります。

添削　蟬しぐれ雲の中なる心地して
うつむけばまたしきりなる蟬時雨

それぞれ省いた部分が違います。比べて下さい。一番いいたいのは何か、それを念頭に置いて用語を取捨選択していきましょう。

原句　泳げ君光る雲の下波の間に

俳句を詠むのは初めてという作者です。

「泳げ君」のように大胆で初々しい呼びかけは、長年俳句に携って手馴れてきたりすると、使えなくなる言葉かもしれません。

人の作品を読む愉しさは、自分が忘れてしまっていたり、思いつかなかった言葉や詩情の在り処に刺激を受けることにあると思います。このことにベテラン、初心者の別はありません。

作者の思いはこの上五に集約されているのでしょう。さらにそれが、空と海との真只中という広い空間で捉えられています。ただし、表現の上では「雲の下波の間」と、位置をこまごま説明する結果になっているのが残念。これでは読者の視線は上から下への確認に追われてしまいます。一瞬の把握にしたい。中七の字余りもリズムを壊しています。

添削Ⅰ　**泳げ君雲と波とのきらめきに**

原句では「光る」は「雲」だけを形容していますが、作者の気持からいえばすべてがきらめく光の中に感じられていると思います。添削はその点への留意です。

この添削例では手放しに謳いあげてみましたが、「泳げ君」と「きらめく」を重ねると、思いが突っ走って少々気恥ずかしいかもしれません。中七以下を抑えると、

添削Ⅱ　**泳げ君湧きつぐ雲のただなかを**

「泳げ」の語で海・波は分かりますから、こちらを切り捨てて、雄大に湧き上がる雲を頭上にした空間に焦点を絞りました。何よりリズムを整えたことで、溌剌とした感情が伝わります。

夏の季語〈泳ぎ〉で、青春性を感じさせる例句、

愛されずして沖遠く泳ぐなり　**藤田　湘子**

立ち泳ぎしては沖見る沖とほし　**福永　耕二**

水原秋櫻子に師事した二俳人です。湘子句は男女の恋愛としても読める句ですが、作品の背後に師との気持の行き違いがあったと聞いています。耕二は清新な抒情で知られた人。「沖とほし」のフレーズにその抒情性が窺われます。

原句作者は心情表現に意欲があるかもしれません。この二例句など、よい参考になるでしょう。

原句　大瀑の傍をわづかにしたたれり

「瀑」は滝のこと。瀑布、飛瀑などと使われます。「滝」よりも激しく大きい印象を持つ文字です。

「滴り」は岸壁や蘚苔をつたう点滴を表す季語で、軒をつたう雨雫の滴りとは別物です。

〈滝〉も〈滴り〉も、その清涼感から夏の季語として扱われています。原句の「したたれり」は、滝水の端をほそぼそと落ちる分流をいったものかもしれませんが、それよりも滝と滴り、別々のものの対比を際立たせた句と見る方が面白い。山中ではよく見かける景色です。ここでの季重なりにはこだわりません。水の現象の差異が興味深く眺められる作品です。

難点をあげるとすれば「わづかに」です。すでに「大瀑」の語がありますから、対置された「滴り」に「わづか」という駄目押しをする必要はありません。この語があるために情景が説明的に感じられます。これは省きましょう。

添削　**大瀑を傍らにして滴れり**

「大瀑」を一般的な「大滝」としてもよいのですが、これは作者の思い入れがあるかもしれません。「したたれり」は「したたりぬ」として、語調を引き緊めるのも一法です。「滴れり」と漢字にして、字面《じづら》の点からも引き緊めました。

原句　きちきちや本家に真直ぐ風の道

〈きちきち〉とか〈はたはた〉といわれるのはバッタの類ですが、草叢に踏み込むと思わぬ高さで飛翔します。跳ぶとき翅を鳴らすのが、このように聞こえることからの命名です。

都会では見かけるのも稀になりましたが、原句は雑草の茂る土の道なのでしょう。畑や田んぼの畦道などが思われます。歩く先々に高上る「きちきち」。辺りに茂る草を揺らして過ぎる風もすでに秋を告げています。

爽やかな秋景色ですが、ここで唐突に挿し挟まれる「本家に」の語は一句の中の不協和音です。この言葉が作品中に占める意味はほとんどありません。何かの用事で本家へ向かう途中だったとしても、そのことが眼前の景に与える効果はみられません。単なる付属的な事実にすぎないものです。事実の中の何を切り捨て、何を残すかが大事です。

添削　**きちきちと跳んで真つ直ぐ風の道**

この場合の「きちきち」は、きちきちという音を立てて、という意味になります。音をいうことで同時に虫を表します。

原句　満天の星の観察鹿の声

都会ではとても望めないことですが、地上の灯に邪魔されない場所で仰ぐ夜空には、これほど沢山の星があったのかと感嘆します。星空観察ツアーなどもあると聞きますが、特に国立天文台のある長野県野辺山高原は人気のスポットだそうです。八ヶ岳山麓の野辺山高原は標高も高く空気も澄んでいるので、星の輝きもさぞやと想像しますが、ほかにも各地で行われているようです。

作者もそのような催しに参加したのでしょうか。星を眺めている最中に鹿の声が聞こえたという状況は、空想では出てこない臨場感がありました。

ただし、句の構成上での問題は、「鹿の声」が何の脈絡もなく、ぽつんと下五に置かれている点です。このままでは唐突すぎて、とってつけたような印象が否めません。上五中七のフレーズと関わり合う表現にしましょう。簡単に直すのなら、

満天の星観《み》てをれば鹿の声

となりますが、作品の中心になるのは星の観察中に鹿が鳴いた意外性です。この意外性が臨場感を生んで、リアルです。

ならば、「満天の」の形容を省いて核心をはっきりさせましょう。

さらに、作者一人で〈観ている〉よりも〈観察会〉のように、催しの最中の方が、突然の鹿の声に驚きが強まるでしょう。

添削　**鹿の声聞こえて星の観察会**

原句　なにげない赤子の笑みや七五三

子どもの成長を祝う七五三の行事。氏神に詣でて成長と守護を願います。華やかな衣装を着せられて、この日の主役は緊張気味。とはいえ、お行儀の良いのはたいてい女の子。男の子はすぐ飽きて千歳飴の袋を振り回していたりするのですけれど。

とにもかくにも両親揃って、時には祖父母まで付き添っての一家総出。何も知らない赤ちゃんも抱かれて連れられて来ているようです。周囲の華やいだ気分に誘われて、頑是ない赤ちゃんもにこにこ笑っているのでしょう。スナップ写真のような光景です。

一瞬のいい情景を切り取った句なのですが、「なにげない」の語は蛇足でした。赤ちゃんは本来、無心なもの。もともと他意などあるはずのない存在なのですから〈何気なさ〉はいわずもがなです。

その場に一緒にいるということが眼に見えるような言葉を加えましょう。

添削　**傍らに赤子の笑みや七五三**

原句　葱出荷山間の朝匂う風

市場に出荷するため束ねられて、どんどん積み上げられてゆく葱。早朝からの活気に溢れた情景です。葱をどうするこうする、と、ごたごたいわず端的に「葱出荷」としたことで引き緊まった勢いが出ています。

野菜の中でも葱には独特のきりっとした印象があります。あの緑の色も朝の空気に似つかわしく、臨場感をもって描かれています。

さてそこで残念なのは「匂う」です。この語が入っているために、新鮮な葱がくたっと萎びてしまうような気がしないでしょうか。葱は臭《くさ》いという周知の事実の方が前面に出てくるためです。悪印象の〈臭う〉ではなく「匂う」が使われていますし、気持のよい朝風をいいたかったものと思いますが、ここで使うのは不用意です。

「葱切つて潑剌たる香悪の中」という、よく知られた加藤楸邨の句がありますが、こちらは葱の香そのものが一句の中心になって生動しています。原句はそうではありません。句の核心は、早朝の出荷作業です。〈におう〉の語はどうしても葱臭さというマイナスイメージを引き摺ります。

さらに、場所を説明する「山間」を入れるより、むしろ労働する人が眼前に見えてくる方が作品の内容としては効果的です。

添削　**朝風に声掛け合ひて葱出荷**

あれもこれも詰め込むのではなく、一番いいたいところが生きるような工夫を。

原句では五・七・五が三段切れになっていますから、その点も考慮して。なお、原句「匂う」は歴史的仮名遣いでは「匂ふ」です。

原句　秋寒し夕暮急ぐ西の空

たった今まで夕焼が杏色に空を染めていたのに、気がつけば薄暮が迫っている。〈秋の日は釣瓶落し〉とはよくいったものです。

この〈釣瓶落し〉、評論家の山本健吉によってたちまち定着した新しい季語です。例句としては次のようなもの。

釣瓶落しといへど光芒しづかなり　水原秋櫻子

釣瓶落し家裏に抜く葱二本　相馬遷子

抒情表現による主観写生を樹立した秋櫻子の格調高い前句、一方その高弟であり境涯的風景句に進んだ遷子の後句、ともにこの新しい季語を生かした秀れた作品です。

原句はまさに釣瓶落しの秋の落日を思わせます。晩秋の夕暮そのものがいい取られていますが、中七下五のフレーズと上五の季語の内容がダブって感じられます。

冬の季語〈短日〉の傍題に〈暮早し〉があります。原句の「夕暮急ぐ」は意味的には似たようなものですからダブり感はそこからも来るのでしょう。景としても、このままでは一面的です。発想を転換して情景を広げましょう。

上五の季語を、時候や天文から離れて、生活・動物の項からの季語など身近な生活実感に即した言葉を入れてみると「夕暮急ぐ西の空」がより鮮明になります。

鳥威し夕暮急ぐ西の空

といった具合です。

人間臭さを離れた風景ということであれば、虫鳥、植物なども考えられます。この時期、群れをなして移動する椋鳥をよく見かけるのですが、

添削　椋鳥に日暮を急ぐ西の空

「夕暮急ぐ」よりも「日暮を急ぐ」の方が調べが整います。また、「椋鳥や」と切らずに「椋鳥に」として「西の空」と関係づけることで塒《ねぐら》に帰る椋鳥という意が強まり、句に優しい味わいが添うでしょう。

意味の重なりを避ける

《ポイント》
表現の無駄を排するのは、俳句形式の短さを考えれば頷けることです。意味の重なりを避けるのもその一つ。

原句　ビル一つづつ窓の灯や薄暑の街

都心の林立する高層ビルの風景でしょうか。無機的な素材への着眼と「薄暑」の季語の配合が現代的な詩情を醸し出しています。
「一つづつ」の語の位置が「ビル」と「窓」双方に掛かって曖昧ですから、語順を入れ換えてはっきりさせると「ビルの窓一つづつ灯や」となりますが、説明的です。「一つづつ」と丁寧に断らなくとも「ビルの窓灯りはじめし」で、それぞれの窓の存在は感じられます。

次に下五の「薄暑の街」。魅力的なフレーズです。ただし「ビル」といえば街を想像しますから、「街」の語は屋上屋を重ねます。「薄暑かな」あるいは「夕薄暑」としたいところですが、「灯りはじめし」で夕方ということは了解事項です。やはり「薄暑かな」でしょう。

添削　**ビルの窓灯りはじめし薄暑かな**

原句　末枯れてせせらぎの音淙淙たり

〈末枯《うらがれ》〉は晩秋、草木が葉の先から枯れはじめるのをいいます。ふと眼にした木立の葉叢や足もとの草など黄ばんでちりちり縮んでいたりすると、近づく冬に思いが及び凋落の季節の訪れを実感させられます。新緑・万緑の夏や、枯れの冬に比べて、微妙な情趣を含んだ季語といってよいでしょう。

季節感としてはそのようなことですが、ここで水音に興を覚えたのはすぐれた感受性です。〈末枯〉の質感によく呼応しています。

残念なのは「せせらぎ」「淙淙」のいずれも、水の流れる音の表現である点です。たった十七音ですから同義の語を重ねるのは言葉の無駄です。

さらに、この作品では〈末枯〉の季節感が大きく一句を支配しています。このような場合は句中にはっきり切れを入れて季語を据えたい。「……て」と続けると、因果関係の構成になって、説明的です。

添削 末枯や瀬音のひびきやすくして

原句は〈末枯〉を動詞の形で使っていますから、「末枯れて」と送り仮名がありますが、添削句は名詞ですから送り仮名は入れませんでした。

一般の辞書では〈末枯れ〉で出ていますが、歳時記の通例に準じます。

ポイントを強める表現

……《ポイント》表現の核心部分を際立たせるためには省略が必要不可欠ですが、一方で強調と……

……

いう手段もあります。やりすぎないように注意して。

……

原句　霾るやまだ高くなるテレビ塔

二〇一一年十二月竣工予定だった東京スカイツリーのことかと思います。完成時には、武蔵《ムサシ》の国に因んで六三四メートルになったとのことですが、このとき、どのくらいの高さになっていたのでしょう。景気が冷えこんで暗いニュースの多い昨今、日々、高く伸びてゆくこの塔の建設を楽しみに眺める人も多かったと聞いています。

この季節、海の向うの大陸から黄沙が風に乗って飛来し、空いちめん黄褐色にかすむ日も多く、太陽もぼんやりとして見えるほどです。これが「霾《つちふ》る」で、〈霾《ばい》〉〈つちぐもり〉などともいっています。新しい季語で、それだけに古典的季語とはまた違った興趣がありますから――ということは、手垢のついていない言葉なので、斬新な作句上の冒険もしやすいのではないでしょうか、と、そそのかしてみたくなる季語です。

黄沙降るさなか、建設途上のスカイツリー。この取り合わせだけでも充分に面白い。原句のままでも出来ている作品ですが、もう少し推敲してみましょう。

作者の興味の中心は「いまだって相当な高さだけれどもっと高くなっていくのだ」とい

う点にありますから、その躍動的な心の動きをさらに強調するとどうなるか。また、スカイツリーは正確には「電波塔」ですから、

添削Ⅰ　**霾るやまだまだ伸びる電波塔**

としてみましたが、中七の飄逸な語調を避けるのであれば、

添削Ⅱ　**霾るや空へ伸びゆく電波塔**

とすることもできます。「高い」「伸びる」、これらの語から受ける印象の違いや、口語的言い回しなど、強調の一例として述べました。ただし、強調の手法は狙いが見えすぎると嫌みなものです。気をつけて使ってください。

原句　花びらの踊る形に辛夷かな

三月頃、青空を背景に純白の辛夷の花を眼にするとき、まさに春、いい季節になったと嬉しくなります。同じモクレン科の白木蓮に比べて、辛夷は花びらの肉質が薄く軽やかで

すから、「踊る」という把握にも無理がありません。辛夷の花の形状を意欲的に捉えています。

五七五の句形も整って出来ている句ですが、欲をいえば「形に」という措辞に説明臭さがついてきます。「踊る」という動きのある把握をしたにもかかわらず、静止した印象を与えるのは「形に」とまとめたためです。〈ごとく〉や〈ように〉の直喩に近い使い方です。もう一歩踏み込んで辛夷の生命感を打ち出したい。

添削Ⅰ

花びらの踊らんとして辛夷かな

踊りつつ辛夷は花を尽くしけり

原句は「踊る」と見たところに手柄があるのですが、辛夷の花の清楚なイメージを表すのにふさわしい言葉をさらに探ってみましょう。

さざめきて辛夷は花を尽くしけり

作者は花そのものを詠みましたが、これを、花を取りまく状況や空気感を含めて描きますと、

添削Ⅱ

さざめきて夕べの風の花辛夷

となります。「踊る形」と見た主観を抑えましたが、作者は男性ですから感じ方の違いも当然あるでしょう。要は、それぞれの個性による把握が生命感ある表現を得られるかどうかです。

条件づけの修辞を避ける

《ポイント》

俳句は十七音の調べによって一つの世界を現出させます。言葉の持つリズムや連想を駆使して、一語一語を緊密に結びつけるために注意しなければならないのが、散文的説明の問題です。これこれの場所で、とか、これこれの場合、という条件づけの説明は凝縮した表現から程遠いものとしてことに注意したい点です。

原句　湖に霞がかりの小舟かな

湖上に舟を浮かべて漁をしている景でしょうか。湖沼に棲息する淡水魚の諸子《もろこ》や鮒《ふな》などは、水ぬるむ春ともなれば盛んに活動をはじめて、漁の好期となります。

原句の駘蕩たる景色からは、琵琶湖を思い浮かべたくなりますが、琵琶湖といえば、芭蕉の句と、それにまつわる次のような名高いエピソードがあります。

行く春を近江の人と惜しみける　芭蕉

これには〈湖水を望みて春を惜しむ〉の前書がついていますが、この句について弟子の一人が、なにも近江に限ったことではない、丹波だってかまわないと難じます。師の芭蕉に、お前はどう思うかねと問われたもう一人の弟子去来は、「湖水朦朧とけぶるような趣が春を惜しむ情に通い合うと思いますが」と応えて、芭蕉から、共に風雅を語るべきものなりと喜ばれています。

原句に琵琶湖を想像したくなったのは、このエピソードの〈湖水朦朧として〉からの連想でした。原句中七の「霞がかり」の語の工夫はすぐれています。

気になるのは、「湖に」の詠い出しが場を設定する条件づけの形で置かれているために、説明的にひびく点です。

さらに句の表現上、霞を纏っているのは小舟だけということになりますが、実景としては湖そのものが霞を帯びていて、そこに小舟もある、という風景だろうと思います。もちろん、実景は実景として、句の世界では小舟だけが霞んで見えたと強調して一向にかまわないことですが、どちらの景がよさそうかと考えてみるのも無駄ではないでしょう。情景を構成する場合の訓練にもなります。

茫洋と霞む湖水に浮かぶ一つの小舟、とする場合、

添削　**湖の霞がかりに小舟かな**

となります。助詞の「の」と「に」を入れ換える結果になりました。

湖の広やかさ、そして一点景の小舟との対照が生きるように。

原句　山里の朗ら朗らと青胡桃

「朗ら」は〈ほがらか〉の意です。胡桃は栽培もされますが、原句からは山地に自生す

る小粒のオニグルミが思われます。背の高い木ですが、晩夏の頃、枝葉の合間から固まって顔を覗かせている青い実は、悪戯小僧のようです。

この句のお手柄は何といっても青胡桃を「朗ら朗ら」と捉えたところにありました。きっと良いお天気だったことでしょう。

惜しかったのは「山里」という場所の説明です。実際の場所を示すという以上に、のどかな気分を醸しだす言葉を加える意図が働いたかもしれません。その意図自体は悪くないのですが、一句の中心は「朗ら朗らと青胡桃」にありますから、背景を説明するだけの「山里」よりも、「青胡桃」そのものに焦点を絞っていく効果的な表現を探します。

先程、良いお天気だったのではないかといいましたが、青胡桃が朗らかに見えるのは明るい陽光あればこそでしょう。そちらを取り入れて、

添削　**山の日の朗ら朗らと青胡桃**

日の光も胡桃ものどかに明るい印象で一体となってきますが、上五を「山の日や」と切ることも考えられます。リズムが少し変わります。

同様に、中七の「朗ら朗らと」の助詞「と」を「に」とした場合、「と」ならば弾みのあるリズムを伴いますし、「に」の方は滑らかに収まります。どちらが自分の気持に叶うかで決まってきます。

原句　ひぐらしの来て鳴きし木や早朝に

六月ごろから蟬の声が聞かれるようになります。夏の盛りには油蟬やみんみん蟬、熊蟬。秋口になると法師蟬、蜩《ひぐらし》というようにその時期は少しずつずれます。地域による違いもあるようです。

歳時記の分類では、蜩は秋。夕暮は特によく鳴くとの解説もありますが、私は芭蕉の「奥の細道」の道程を辿ったとき、市振の宿で早朝、蜩のうるさいほど鳴く声を聞いたことがあります。

原句も、朝の蜩です。蜩の別名はかなかなですが、成程はっきりカナカナと聞こえます。姿は見えずとも作者はその声を木もろとも強く心に留めたのでしょう。

「来て」はいわずもがな。下五の「早朝に」も、慌てて言い足したような状況説明になっていますから、語順を入れ換えて説明の部分を省きます。

添削　**朝すでにひぐらしの木となつてゐし**

原句　山里や夢の中まで虫の声

眠りにつくまで虫の声に耳を傾けている。ことさらに聴こうとしなくとも、耳の奥に棲みついてしまったような虫の音。

それは「山里」でのことである、といっているのですが、ここで、もの足りなく感じられるのは「山里」という大雑把な場の設定です。この場所が作者にとってどういう関わりを持つのか、そこにもう一歩近づけると中七以下のフレーズがいま以上の膨らみを持ってきます。原句のままでは説明・報告の域を抜けきれません。

どのような状況であったのか、たとえば旅行先の山の宿、もしくは久しぶりに帰省した故郷など、いろいろ考えられますが、「山里や」の客観的な措辞はどうやら常住の地ではなさそうです。

まずは〈故郷〉の場合、

添削Ⅰ　**故郷は夢の中まで虫時雨**

「虫の声」ではなく「虫時雨」にしたのは、辺りいちめんにすだく沢山の虫の音が即座の印象となって、中七の「……まで」という勢いに照応するからです。故郷全体を覆うような広がりを持ちます。

次に、〈旅行先〉での経験として、山の宿のような場所でもいいのですが、このまま〈山の宿〉を上五に置いてしまうと、これもやはり場の説明にすぎません。折角なら旅情が滲むように、

添削Ⅱ　**旅の夜の夢に入り来る虫の声**

旅の一夜、眠りの中に虫の音がしのびこんできた、という趣き。こちらは、虫の大合唱よりも、或る一つの虫の声がしみじみと感じられた、というように。中七を「入り来る」と換えたのは、そんなひそやかさの表現です。鉦叩きのチン、チンという声など想像してもらえれば有難いのですが。とはいえ、ただ一つの虫の音に固執して鑑賞しなくとも、静かな印象であることに変わりありません。

原句　用なくて冬の蠅見る日向かな

冬になって生き残っている蠅が、日向にじっと動かずにいるのはさすがに哀れです。飛

ぶ力もないのですが、暖かい日向に這い出してきたものでしょう。それをぼんやりと、見るともなしに見ている作者の無為の時間。そんな所在無さが一句の底に流れています。

見ようとして見るのではない〈何となく〉という状態を表しているのが「用なくて」の語で、大事な部分ですが、「て」で続けたために理由づけがあらわです。もっと自然に句の中に溶け込ませて、

冬の蠅見るともなしに日向かな

上五に「用なくて」を置くよりは理屈っぽさが薄れますが、〈無為の時間〉に比重をかけて表現するのならば「日向」にこだわらず、自分の状況と「冬の蠅」だけに絞ります。

添削　**なすこともなく冬の蠅見てゐたる**

原句　錆びつきて錠前寒し鋳抜き門

「増上寺」と但し書きがありました。

平成二十三年、増上寺では戦後初めて山門の内部を公開しました。階上には中心の仏像三体のほか、羅漢像、上人像併せて数十体が安置。その折の所見と推察します。〈鋳抜《いぬき》〉とあるからには、門扉の全体が鋳造されたもの、つまり金属を型に流しこんで造られた門ですから、木造とは異なる重々しさ、どっしりした厳めしさを感じたのでしょう。加えて、錠前までも長い月日の間にすっかり錆びついていたとなれば、その冷え寂びた印象が格別心に残ったようです。

この句の場合寒々しく感じられたという直感に無理がないために、「……して……」の用法も大きな疵にはなっていませんが、「……して……」の使用はどうしても原因・結果の説明になりやすく、注意が必要です。

「て」を省いて、さらに「寒し」の感覚を写実的な景で表すとどうなるか、次の例を。

添削　**木枯や錠前錆びし鋳抜門**

上五〈木枯〉は〈寒風〉とすることもできますが、〈木枯〉の方が景にゆとりが生まれるでしょう。

直感的把握

《ポイント》

芭蕉が「俳諧は三尺《さんせき》の童にさせよ」とか「初心の句こそたのもしけれ」といっているのは、無心に対象に向き合って素朴な感動を表現しなさいという教えですが、直感的な把握ということにも通じるかと思います。頭であれこれ拵え上げるのではなく感じたことを直截に作品化したい。同じ芭蕉の言葉に「ものの見えたる光、いまだ心に消えざる中に言ひとむべし」もあります。こちらは私意を排した把握を素早く定着させることで対象の本質を捉える大切さを説いています。

直感は一瞬の感覚で自分だけのものですが、強い共感を呼ぶ場合も多いのです。

原句　蕗の薹放ちし水のふつと匂ふ

「ふつと」という副詞、現代仮名遣いの表記なら「ふっと」ですが、瞬時に起こった状態を形容します。

蕗の薹は早春を代表する色と香り。ここで、いくら強い香りでも実際に水までが匂うかどうかなどという詮索はやめておきましょう。蕗の薹を水に放ったときの作者の一瞬の感興が、ここでの主題なのですから。直感的な把握というべきものです。読者は、春まだ浅い頃の水の冷たさと、緑そのものの香りを感じとるべきでしょう。

そこで、「ふつと」にこだわりたくなります。なるほど作者のいいたいのはそこなのですが、その点こそ、言わず語らず読者に感じてもらうべきところです。作者は全部いってしまったのではないでしょうか。

蕗の薹放ちし水の匂ひけり

ぐっと怺えてこのくらいで我慢しておいていいのですが、おそらく作者はもの足りないでしょう。では、

添削　**蕗の薹放てば水の匂ひけり**

とします。「放てば」で一瞬の動作を強めました。

原句　行く夏や街に木の影人の影

「行く夏」は夏の終わりの頃。さすがの暑さも衰えを見せはじめて、ことに立秋間近ともなれば朝晩涼しさを覚えるのも稀ではありません。山川草木ことごとく生気に満ちた季節の去りゆく思いには名残り惜しさが含まれます。避暑地ではぼつぼつ閉ざす準備にかかり、子供たちにとっては次の学期に向けて気分を立て直す時期です。

日常見馴れた街路樹や人の行き来の姿も、午後の日射しの中で、夏過ぎの一抹の淋しさを伴って感じられてきたことでしょう。〈午後の日射し〉と、時間を限定して鑑賞しましたが、午前よりは午後の、まだ強い陽光に影を深めている樹木や人として、眺めたくなります。

街の中ならば眼に触れる事物は数多くありますし、ある程度の喧騒も耳に入ってきますが、それらこまごました事象を切り捨てて、輪郭だけの「木の影」「人の影」を捉えたところに作者の感覚の働きがありました。この鋭い感性を句の表面には際立たせず、「行く夏」の季節感情に委ねた清潔さが成功をもたらしています。

心理的な陰翳の深さを内にひそめた作品です。

原句　はったりを利かす海鼠の面構え

ユーモラスな作品です。およそ写実とは程遠い句ですが、「海鼠《なまこ》」のグロテスクな存在感を直感的に捉えています。

ただ、「面構え」というのはどうでしょう。海鼠は「尾頭のこころもとなき海鼠かな　去来」と詠まれているくらいで、目鼻も分かちがたい形状をしています。これが〈鯰〉や〈おこぜ〉などであれば、まさにその通りといいたくなるのですが。

ここはぜひ、顔のことなどいわずに、どたりと横たわる海鼠の姿だけで勝負です。

添削　**はったりを利かしてゐたり大海鼠**

〈海鼠〉は優美さとは縁遠い姿形のせいか、和歌や連歌の詠題とはされず、俳諧の季題として初めて登場しました。

芭蕉に、有名な句があります。

生きながら一つに氷る海鼠かな　　芭蕉

実体を描きながら、生きものの哀れを象徴的に感じとらせる作品です。

一歩踏み込んだ表現

《ポイント》

句意も伝わり情景も描写されているのにどこかもの足りないという場合があります。内容について理解はできるが感じられないもどかしさです。大抵は、概略的な捉え方のときこの不満が生じます。

いきいきした生命感を一句に呼び込むために、自分の身にひきつけた表現を心掛けましょう。

原句　うしろ手の届かぬあたり初浴衣

まだ着馴れていない、ぴんと糊気の強い浴衣に袖を通す気持の弾みと、着付けのもどかしさと。きっと若い女性でしょう。初々しい姿体まで眼に浮かぶようです。

「うしろ手」に直したかったのは衿の抜き加減か背縫いの曲り具合か、手が空を掴むばかりでなかなか巧くいかない様子です。「あたり」と曖昧にいうよりも、どの部分かをはっきりさせた方が情景が具体的に見えてきます。

うしろ手に帯のとどかぬ初浴衣

さらに、この動作に気持を加えて、もう一歩踏み込んだ表現にすると、

添削 **うしろ手に帯もどかしく初浴衣**

帯結びは難しいものです。和服に馴れた人なら、こんなこともないのでしょうが、着物といえばお正月くらいという若い人にとっては、浴衣のように簡便なものでも四苦八苦かもしれません。

帯がもどかしいといえば、次のような句があります。

少年に帯もどかしや蚊喰鳥　　木下　夕爾

詩人でもあった夕爾のみずみずしい抒情は、俳句においても数々のすぐれた作品を生んでいます。

夕暮近くまで遊びつづけていた少年の、ゆるんだ着物を辛うじて止めている帯。その半分ほどけかかったのを差し込み差し込み、日の傾くのも忘れて遊んでいる。もうお帰りよ

というように蝙蝠が飛びはじめた。
同じようなフレーズがまったく違う場面を描いています。

原句　大根に水の重さのありにけり

みずみずしく、よく育った大根を手にしたときの主婦の実感。昨今は男性も厨房に立ちますから、どなたの実感であってもよろしいのですが——といっておきましょう。問題はこの「ありにけり」です。〈ある〉という言葉は多くの場合、蛇足です。在ることを詠んでいるのですから。さらに「……にけり」は何の意味も加わってはいません。でももちろん、表現の上で意味を形成しない無の言葉が必要な場合はあります。でもそれはよほど衝撃的、印象的な内容のときに限られます。たとえば、

身を裂いて咲く朝顔のありにけり　　**能村登四郎**
遠方とは馬のすべてでありにけり　　**阿部　完市**

無の言葉が深い余韻を生んでいます。先人のすぐれた句には脱帽ですが、「大根」の句

がまったく悪いわけではありません。水の重さを感じた、そこで満足してしまわず、もう一歩突っ込んだ把握を望みます。

添削　**大根に水の重さの張りつめし**

下五には「詰まりけり」「充つるなり」など考えられますが、この根菜の真っ白な充実感は「張りつめし」がふさわしいかもしれません。今、充実感といいましたが「充実す」とするのも一法です。

飾らぬ言葉で

《ポイント》

カッコイイ句を作りたいと思ってはいませんか。ぴしっと姿の決まった句は、使われている語句も美しかったりして確かにカッコイイ。お手本にしたくなるのは当然です。けれどすぐれた句は作者の真情が根柢に坐っているものです。表面的な言葉の美しさを真似ることだけは慎みましょう。表現するということは、現在の自分の生を摑みとることでもあるのです。真摯に自分と向き合うとき、飾った言葉でものがいえるはずはありません。腹の底から出てくる本当の言葉を探したい。素朴に真情を伝える一句、それこそがカッコイイのですから。

原句　寒林や追憶と言ふ窓開くる

寒気の中の木立。深閑とした静寂が辺りを包んでいます。林の中の小径を辿っていると、過ぎ去った思い出がふと甦って、作者の歩みをとどめたのかもしれません。「寒林」の語の硬く強い響きによって、「追憶」が感傷に流れず精神性を帯びてくる働きがありました。

三橋鷹女の句に、

寒林を出てかなしみのいつかなし

があって（「いつかなし」は「いつか無し」）、原句とは逆のアプローチですが、「寒林」と胸裡の思いを照応させている点で、共通しています。さむざむとした冬木立の景色には感情を呼び覚ます何かがあるようです。

原句での問題は「追憶と言ふ窓」です。これは〈心の窓〉というのと同じで、「窓」が比喩になっています。このように言葉を飾らなくとも、「追憶」は「追憶」だけで充分です。徐々に思い出すということをいいたいのならば別の表現で直截にいうべきで、その方が真情を伝えるものです。言葉は飾れば飾るほど真情からは遠くなるのですから。

添削　寒林を来て追憶の自《おの》づから

原句　真間の井や蕭々として竹落葉

静かな風情の句です。真間の井は下総国葛飾、現在の千葉県市川市にあります。よく知られていますがちょっとおさらいをしておきますと、古い伝説に、真間手児奈《ままのてこな》という美少女が多数の男性の求婚に思い悩み、入江に身を投げたといわれています。真間の井はその手児奈がいつも水を汲んでいたと伝えられ、万葉集には高橋虫麻呂が、

勝鹿《かつしか》の真間の井を見れば立ち平《なら》し水汲ましけむ手児奈し思ほゆ

と詠っています。

「竹落葉」の季節は初夏。竹や笹は一般の草木と異なり、春には葉が黄ばんで（これを〈竹の秋〉といっています）、もう少し経つと葉を落としはじめます。

作者は手児奈の伝説に思いを馳せて、そのような哀話を秘めた井に、いまは竹の落葉が降るばかり、と胸を打たれたのでしょう。

レベルの高い句です。その上で、もう一段上を望みたく思うのです。この場合でいえば「蕭々として」が再考の余地のあるところ。〈ものさびしいさま〉という意味ですが、一句の気分はまさにこの通り。いわば駄目押しとなる部分です。読者に、このように受け取って下さいと強《し》いる部分ともいえるでしょう。伝説に添えた竹落葉の風情だけで充分に情趣は通っています。ここは言わず語らず怺えておきたい、となると、

添削　真間の井や竹の落葉のひとしきり

作者はおそらく「蕭々」の語を見つけたとき、出来た、と思ったかもしれません。でも往往にして、そう感じたときが曲者です。多くの場合、普通の言葉を使った方が素直に余情を感じさせます。言い過ぎていないか、恰好が良すぎてはいないか、常に振り返ってみて下さい。

控えた表現が余韻をもたらす

《ポイント》
声高な主張より静かなささやきの方が深く胸に沁みるという経験は誰しもあることでしょう。俳句も同じです。平明な表現は人を飽きさせず、いつまでも噛みしめていたい思いに誘ってくれます。

原句　天を突く間欠泉や日の盛り

面白い取り合わせによる作句です。「間欠泉」は「間歇泉」とも書きますが、一定の時間をおいて周期的に熱湯や水蒸気を噴出する温泉のことです。

熱海だったか、伊豆方面の温泉地の駅前にこれがあって、かなりの高さで噴き上がっていました。まさにこの句の状景です。

さてそこで、「天を突く」という表現ですが、これは見たものを百パーセント、いえ、それ以上に増幅した表現に思われます。俳句は短い詩型です。言い尽くすことには限界があります。むしろ、多くをいわずに読み手に想像させる容量を大きくすることが俳句の要でしょう。

「天を突く」の比喩表現はかなり大げさなものです。常套語でもあります。つい使ってしまい易いのですが、ここは一歩退いて、客観的な表現を探しましょう。十のものを十いおうとするのではなく、最初の感動が静まるのを待って、何割か控えた表現にしてみる、そうすることで作品には余韻が生まれます。読者が想像する部分にも繋がっていきます。

原句の上五を抑えた言葉に置き換えましょう。

添削　**噴き上がる間欠泉や日の盛り**

作者としては、当たり前すぎると感じるかも知れませんが、いいすぎる表現よりは当たり前の方が飽きがこないものです。

歳時記の例句に、同一の句材で詠まれているのがあります。

日盛りの間歇泉の一つ噴く　　高野　素十

写生の名手といわれた人の作品です。この「一つ」の語が一句に及ぼしている効果をよく味わいたいと思います。

原句は素十句がありますので類句ということになります。こういう場合は残念ですが、自分の句としての発表は控えるべきです。表現者としてのマナーですが、秀れた俳人の句に近づけたということで満足しておきましょう。

原句　夏日影負うて吊橋渡りけり

「夏日影」は夏の日の光をいう言葉で、日陰とは別のものです。〈月影〉の語が月の光を指すのと同じことです。

灼けつくような夏の日ざしは、ものの輪郭をくっきりと浮かび上がらせます。光と影の対比が強烈に眼を射る季節。「吊橋」という不安定な場に足を踏み入れたとき一瞬よぎった不安な感覚が一句の根柢にあるようです。その感覚を前面に出す方法もあったでしょうが、作者は感覚の鋭い針をいったん沈めて、淡々と叙する方を選びました。そのためにこの作品は写実の確かさを保ちつつ、そこはかとない危うさをも同時に印象づける構造になっています。一見して何でもない姿をしていますが、読者それぞれの感じとる容量が大きい、そういう句だと思います。一見何でもない姿の句といいましたがその裏にひそめた感覚を支える言葉の仕掛けが無い訳ではありません。

ここでは、「夏の日」ではなく、同じ意味ですが「夏日影」としたこと、また「負うて」の語の選択などが、無意識であったにせよ工夫した部分に当たります。季節が夏であるのも成功の一因です。

試みにそれぞれの季で見てみましょう。春日影・夏日影・秋日影・冬日影、いずれも季語になっています。このうち、「春日影」「秋日影」ではどうということはありません。実感のある像が結ばれてこないのです。中では「冬日影」が唯一、「夏日影」に拮抗できそうですが、これだと人物にもう少し具象的な生活的要素を加えたくなります。農夫や猟師などが似合いそうです。

それに比べ「夏日影」は抽象性が強い。この場合、人物としての性格（役割）を捨象して、単なる〈私＝作者〉であるというだけで充分です。読み手はそこに自分を投影して感じられてくるのではないでしょうか。いい作品でした。

原句　叔父逝きぬただただゆれし青田かな

幼い頃はもちろん、大人になってからも変わらずに慈しんでくれた叔父の死。眼前に広がる青田の景色が、取り残された寂寥感をいっそう募らせます。

亡き人を心ゆくまで偲びたい、思いの丈を述べ尽くしたい、それが自然の情でしょうが、言語表現において、いえ、ほとんどの芸術においても、これでもかとばかりに表現することは逆の結果を招きます。ことに俳句の短さでは縷々述べることなど到底できません。何ほどのこともいえない、それを逆手に取るのが俳句の形式です。作者の気持を読み手に押しつけるのではなく、言わず語らずのうちに汲み取ってもらうこと。それには抑制された表現が求められます。

原句でいえば「ただただ」のリフレインが押しつける部分に当たります。情景としては青々と育っている稲が風に揺れている。それを示すだけで充分なのだと思い切ることができるかどうか、大事なところです。

作者は青田の広がりだけでなく、風に騒立つ青田だったからこそ哀しみを呼び覚まされたのでしょう。〈青田風〉〈青田波〉という季語もありますが、作者の立っている位置を加えます。

添削　叔父逝きぬひたすら風の青田道

原句・添削例ともに上五ではっきり切れがあります。ここで詠嘆の間合いがあって、以下に続くのですが、原句の下五「かな」は再び強く切れます。これは避けたい。心情の流れとしては、一句を読み終えてなお谺のように幾たびも元に戻って「叔父逝きぬ」の感慨をひびかせたいのです。先人が俳句の味わいについていっている〈行きて帰る心〉というのも、このあたりの機微を指すのでしょう。

「青田」という言葉は、何気なく使われていますが、この〈青〉一字が入っているために淋しさが滲むような働きをしています。作者の季語選択の良さです。

故人を悼む句に次のようなものもあります。

塚も動け我が泣く声は秋の風　　芭蕉

抑制して詠むのが大事といいましたが、一方でこういう作品もあるということは、頭に入れておくべきと思います。

「こみあげる哀悼の情があふれたのだ。口を衝くようなこの句の激越な勢は、叫びに近いものがある」という加藤楸邨の鑑賞があります。

もう一つ、最近の句からは、

一瞬にしてみな遺品雲の峰　　櫂　未知子

があります。母の死という個人的事情を越えて、人の死の本質を手掴みにして見せてくれたような作です。この抑制された表現に学びましょう。

三章　題材を選ぶ

日常生活から題材を拾う

《ポイント》

俳句で何を詠むか、つまり題材に何を選ぶかですが、とりたてて変わったことを詠もうとしなくとも、普段の生活の中に発見の驚きは沢山あります。あらためて周囲を見まわして下さい。見過ごしていたあれこれを言葉にしようと意識したとき、驚きの種がすぐ足下にあるのに気づくでしょう。

原句　同じ名の着信履歴梅雨深む

携帯電話、いわゆるケータイの着信記録です。現代的な句材で詠まれています。古典的情緒の言葉ばかりでなく、詩語として生きるかどうかと思われるようなものにも挑戦していく意欲は大事です。時には破綻の憂き目に遭ったとしても言葉の幅を広げていってほしいと思います。

さて原句、ケータイを開くとずらりと同じ人からの着信が続いている。日常の一些事です。そして今は梅雨の真っ最中。

このことに格別深い意味がある訳ではありません。けれど、そういう出来事が情景として読み手にありありと感じとれるとき、その作品は成功といえるでしょう。日常生活のリアルな表出です。「梅雨深む」の季語が現実味を支えて、成功しています。

原句　塩《あん》梅《ばい》は今一つなり豆の飯

豆御飯と聞いただけで、豆の緑と御飯の白さが鮮やかに眼に浮かびます。

栽培技術や保存方法が進んで、一年中食べられる野菜も珍しくなくなった昨今ですが、豆御飯はいまも変わらず句の季節を感じさせてくれるお料理です。場合によっては蚕豆や枝豆なども使うと聞きますが、大体はグリーンピース、「ゑんどうむき人妻の悲喜いまはなし　桂信子」と詠まれている、あの剥き豌豆を使うのが一般的でしょう。

女性や子供に喜ばれそうに思いますが意外に左党の男性にも好まれるようで、歳時記の〈豆飯〉の項には男性の句が多く載っています。塩味だけで単純に仕上げるだけに却ってむずかしいもので、得心のいく出来映えになるには主婦の年期がものをいうのかもしれません。

日常のささやかな出来事を掬いとって、力まず詠まれた句です。上五の「は」の助詞は限定の意が強くひびきますから「の」を使います。

添削　**塩梅の今一つなり豆の飯**

身近に題材を取った人事句は、風景句の恰幅とは別の、こまやかな味わいがあります。写生の名手といわれた高野素十にも次のような句があります。

柔かに出来しと詫びて豆の飯

原句　年の夜や電子メールを数多捨つ
原句　ぽぽと言ひて充電終はる霜夜かな

同一素材での二作品です。

一と昔前には考えられないことですが、現在ではさまざまな電子機器の類が家庭生活に普及定着しています。パソコン、ファックス、携帯電話等々。ことに携帯電話は、これ無しではいられない若者も多いようです。いわゆるケータイ。掲出した二句はこれを扱っています。

都会生活は無機物に囲まれていて自然の息吹が感じられず、詩情が湧かないとの嘆きをよく耳にしますが、そんなことはないと思います。いつの時代も、新しい事物の出現があったはずで、そのたびに、これまでの詩の情趣といったものは試され鍛えられ、新しい表情を加えていっています。現代的な素材は身近にいくらでも転がっていて、私たちの生活そのものです。これを作品に取り込んで、新鮮な詩情を生んでいってほしいと考えています。チャレンジ精神、大いに結構です。

まず前句から、

「年の夜」は大晦日。新しい一年を迎えるに際して、古い不用のものはすべて片づけておきたいもの。ケータイとて例外ではありません。いつの間にか貯まった用済みメールをすっかり整理したようです。ケータイ用語を詳しくは知りませんが、〈捨てる〉というよりは〈消去〉ではないでしょうか。その方がケータイらしさも出るようですし。

さらに一考するべきは、一年の最後だからメールも整理しておくという理屈の部分があらわ過ぎることです。発想はそこにあったと思いますが抑えましょう。

添削　**電子メールつぎつぎ消去除夜更けぬ**

中七で動作が見えてくるように、そして〈年の夜だから〉という理屈の部分が目立たないように、夜が更けることに比重をかけました。

次に後句、

「ぽぽと言ひて」は六音の字余りです。本来なら五音に整えて切れのよいリズムにしたいところですが、この字余り、案外効果的に働いています。リズムが緩いために却ってこの部分に注意が惹きつけられるためです。全体が間伸びしてしまってはいけませんが、中七・下五が簡潔に引き緊まっているので無理なく収まりました。

「霜夜」の、しんと凍てた空気が情景を際立たせています。季語、すぐれた選択でした。手直しの必要はありません。

人事句の面白さ

《ポイント》

〈人事句〉とは、文字通り人事に題材を求めた俳句のこと。人間社会の出来事や、それに伴う感情などが詠まれます。

俳句を「家常生活に根ざした抒情的即興詩」といった久保田万太郎は、その言葉を実践するすぐれた作を多く残して、人事句の名手として知られた人です。小説家・劇作家であったこの人は、人間の営みの喜怒哀楽を深く知る人でもありました。

竹馬やいろはにほへとちりぢりに
パンにバタたつぷりつけて春惜む
湯豆腐やいのちのはてのうすあかり

いずれもよく知られている句です。

原句　親につく折々の嘘草の餅

おやおやどうやら作者は何かあるたびに、ということはちょくちょく、親を瞞着しておいでらしい。でもまあ嘘も方便。良かれと思って吐《つ》く嘘もありますもの。〈おふくろは勿体ないが騙しよい〉との、放蕩息子の川柳とは違うようです。

蓬を搗きこんでぼってりと仕上げた草餅。粒餡もたっぷり入った素朴な手作り、そんな鄙びた甘味が明るいユーモアを醸し出します。

折々・たびたび・ときどき、どのくらいの回数を設定するのが内容にふさわしいでしょう。そしてまた、〈嘘〉が印象的に感じられてくるでしょうか。結論を申しますと、〈ときどき〉くらいの方が、後ろめたさが背後に感じられてきます。

語順を入れ換えて、強めます。

添削Ⅰ　**ときどきは親につく嘘草の餅**

もう一点、この「親」を父か母かに絞ると別の味わいが加わるようです。〈父〉ではあまり意味をなさない、やっぱり〈母〉でしょうか。そうすると、「ときどき」という限定も不必要。その時その場のこととすると、

添削Ⅱ　母親に嘘ついてゐる草の餅

〈ついてをり〉と文語を使っても意味は同じですがやや重くなる。口語でかるく収めて。「母親」を「おふくろ」にすると、母子の関係がもっと人間臭くなります。

原句　浜万年青《はまおもと》残し飲屋は店仕舞

小説の一情景のようです。浜万年青は浜木綿《はまゆう》のこと。暖地の海岸に自生しますが、栽培もされます。句の背景には海べりの小さな漁師町を想像してみたい。潮の香が漂ってきそうです。原句は市井の小さな出来事に目をとめて詠まれた人事句です。景はとてもよく分かりますが蛇足の部分に手を入れましょう。「残し……店仕舞」ですが、店を畳んでしまうのなら「残」るのは当然。浜万年青は傍らに咲いているだけでいい。となると、

浜万年青咲いて飲屋の店仕舞

のように、さっぱりしますが、おそらくこの植物は飲屋の主人が好んで植えたのでしょう。そのあたりの機微を感じさせたい。内容からいっても、いわゆる写生に終始した作ではない。むしろ、市井の哀歓的な情趣をちらりと覗かせたいといったタイプの句です。では、人為的な意図を加味して、

添削　**浜万年青咲かせ飲屋の店仕舞**

店先に植えられていた浜万年青は店の目印になって、酔客の話題に上ることもあったかもしれません。商売の盛衰とは別に、花は盛りの季節を迎えている、と。

史実や物語を題材に詠む

《ポイント》

ときどきは現実の生活を離れて、旅をしたり読書に耽ったりするのは知的好奇心を満足させてくれます。新鮮な事柄にも出会うことでしょう。そのような題材の場合も伝聞をただなぞるのではなく、自分との関わりを念頭に置いて捉えたい

ものです。

原句　飛花落花訪ふや絵島の囲み部屋

史実を題材にとって絢爛たる趣きに仕立てた作品です。

大奥御年寄の絵島が歌舞伎役者生島新五郎との遊興を咎められて、生島は流罪、絵島は信州高遠へ幽閉された、いわゆる絵島生島事件。男子禁制の大奥に仕える奥女中と人気役者との悲恋として、芝居や小説にたびたび取り上げられ映画やテレビ化もされていますから、知らぬ人の方が少ないくらいでしょう。

この事件、実際には大奥粛正の名目のもとに、当時の権力闘争の犠牲になったというのが今日の見方として定着していますが、史実を伝えるものとして絵島の囲い屋敷が復元されています。

高遠は桜の名所、作者は花吹雪舞う時期にこの地を訪れ、時代に翻弄された女人の哀れにそぞろ感慨を催《もよお》したのでしょう。

「飛花落花」とたたみかけて、さらに「訪ふや」と続く語勢の急調子は、一気にこの句ができたことを思わせますが、一歩退いて静かに作品を眺めてみます。「飛花落花」「訪ふや」、二つの措辞は思い入れが強くひびいて、読者の想像の余地をせばめているようです。散る花びらと絵島の囲み部屋。それだけで、歴史を知る人にはしみじみした情趣が受けとれる筈なのですが。とはいえ上五は思わず口をついて出た言葉という切迫した語調がありますから、こちらを生かして、「訪ふ」を外します。そうなるとこの空白部分をどう埋めるかです。

二十八年の長きに渡って幽閉され続けた女性の運命がそこはかとなく浮かび上がるような、そんな架け橋になる言葉がないものでしょうか。一案として、

添削　**飛花落花むかし絵島の囲み部屋**

「昔」を「むかし」と平仮名にしたのは、字面《じづら》が重くならないためでもありますが、絵島という女性にやわらかな印象を添えるためでもあります。

「むかし」の語を加えることで、読む側の意識も遠い時代へ遡りやすくなるでしょう。

四章　季語について

季語の効果

《ポイント》

歳時記の季語は代表的なものの多くが関西地方で培われた詩語です。けれど実際には、桜を例にとってみても日本列島の南と北では一ヵ月以上の差があるように、地方によって、自然への実感、ひいては生活習慣も異なることが多いと思います。通常の歳時記には扱われていない風物もあって、地方歳時記という形で、風土の自然に目配りしたものが出版されたりしています。

季の詞は詩歌の歴史の中で定着していった言葉ですから、実際の状態とは違う場合も間々あります。たとえば〈蛙〉。実態としては夏の頃、盛んに姿を見かけますが、初めて出てくる春を季に定めているのは、出初めを賞翫する心によるものです。詩ごころが育んだといってもよいでしょう。

それらのことも念頭に置いた上で、地域的な差異を消極的に捉えるのではなく、風土をいきいきと摑みとる言葉を発信したいものです。

原句　水琴窟鳴らせし人の春コート

水琴窟、変わった素材への着目です。この句は春季ですが、ちょっと脇に逸れて、春夏秋冬それぞれの季節で水琴窟の音を想像してみて下さい。音色が違って感じられませんか。夏は涼しく、秋は淋しく、冬は冷え寂びて鋭い、といえば単純にすぎますが、季節感というものの面白さをこういうところにも感じます。季語の面白さはこの延長上にあるような気がしています。その集大成としての歳時記は先人の遺してくれた偉大な財産だとつくづく思います。

原句は、たまたま眼にした光景を軽いタッチでデッサンしたという趣きです。一つの出来事が臨場感をもって描かれているかどうかが、この場合成功の決め手です。まず、無駄な言葉を削りましょう。

「春コート」だけで、着ている人であることは分かりますから「人の」はいりません。さらに、原句の構成では「春コート」に焦点が絞られるのですが、おそらく作者の最初の興味は、水琴窟を鳴らしたことと春コート、その両方だったようです。それならば、

添削　**水琴窟鳴らしてゆきぬ春コート**

として、動きのある情景に。春であることが一句に軽やかな印象を与えています。

原句　花疲れでもなく夫の口重き

表現し難い微妙な気分がいいとめられています。日常生活の中でこういうことはよくありますが、言葉に表そうとすると難しいものです。疲れたわけでもないのに夫の口数が少ない、というたったこれだけのことに、気怠いような陰翳を添えたのが「花疲れ」の季語でした。季語はゆたかな連想作用を生みだして一句の世界を広げてくれます。

「……でもなく」と捉えたところが眼目ですが、日常語すぎて締まりがありません。これはぜひ、文章語に近い「ともなく」を使っておきましょう。原句は切れの無い形で終わっていますから、なおさら格を高める言葉にしておきたいのです。

添削　**花疲れともなく夫の口重き**

末尾を切って止めるなら形容詞終止形で「口重し」とするところなのですが、全体に気怠い気分を通わせて、原句のままの連体形で終わるのも一つの方便でしょう。切れの無い句であるということを心得ておいて下さい。作句の場合の例外として。

原句　囀りやあちらこちらに人の列

物不足と聞けばそれっと買い漁りに走る。困ったものですが庶民のささやかな自己防衛。店舗から溢れた行列を見かけることもしばしばですが、もちろん行列にもいろいろあります。バーゲン会場、噂のラーメン店、もう少し高級になると動物園やら美術館など。そうそうアイドル歌手のライブというのもありました。

思いつくままに行列しそうな例をあげてみたのは、原句の「人の列」の性格が分からないためです。つまり原句では、何の行列だろうという疑問を感じさせてしまう。無理なく納得できる「人の列」でありたい。

それには、〈囀り〉の季語がうまく働いているとはいえないようです。〈囀り〉はにぎやかに聴覚を刺激してくる言葉で、「あちらこちら」の語とも重なって少々うるさい。近い意味の季語に〈百千鳥〉があります。歳時記に、〈囀り〉よりもやや風景的と解説されているように、鳴き声よりももっと総体的にふっくらした印象です。

百千鳥あちらこちらに人の列

これだと、人の列はのどかに何かを待っている印象が出てきますが、作者はおそらく生活に関わる状況で行列を捉えたのではないでしょうか。

では、埃っぽい〈春塵〉などが思い浮かびます。

添削Ⅰ　**春塵やあちらこちらに人の列**

なるべく句形を動かさずに手直ししますとこうなりますが、第三者として眺める視線ではなく作者自身のこととして詠む場合、

添削Ⅱ　**春塵に捲かれて列の最後尾**

となります。味わいが違ってきます。比べて下さい。

原句　被災地は夫のふるさと鳥帰る

これはいい作品でした。つけ加えるものはありません。個人的な事情を詠んで、しかも誰にでも通じる内容です。はるかに彼《か》の地を偲んでいる。〈鳥帰る〉の季語が望郷の思いを誘います。

原句　クレヨンに足らぬ色あり春惜しむ

ここでの惜春の情は素晴らしい。「春惜しむ」の季語の選択、抜群です。

クレヨンは子どもの頃によく使いました。ちょっと昇格してクレパス、それから絵具という順番でした。イラストレーターなど、専門的に何十色というクレヨンや色鉛筆を揃えると聞いたことがありますが、この句はごく普通の、日常使いのクレヨンの箱。昔の記憶で不確かですが二十四色かせいぜい三十六色とかだったような気がします。

折れたり失くしたり、しょっちゅうでした。クレヨン箱には隙間ができて、かさかさ心細い音がしたものです。箱を開けてそんな隙間を見つけたときの軽い齟齬感。言い表しようのない、心の小さなそよぎをそっくり代弁しているのが「春惜しむ」の感傷でした。
中七は「足らぬ色あり」ですが、この場合「色」は必要でしょうか。無くなっているということだけにとどめたい。それ以外の要素はむしろ余分です。

添削　**クレヨンに足らぬ一本春惜しむ**

実際には数本紛失しているとしても、ここはぜひとも一本にしておきましょう。たった一つ、とすることで印象が鮮やかになります。

原句　麦秋や筑波二峰に雲一つ

堂々たる大景です。古格を踏まえて安定感のある作品でした。
筑波山は古来の歌枕。男体、女体の二峰が関東平野を見下ろして聳えます。「麦秋」の季語によって、麦実る頃の初夏の大気を胸一杯に吸い込みたくなります。季語の選択が素晴らしい。

惜しいのが数詞の扱いです。実景だったとしても、一句の中に数詞が二つあるのは互いに障り合ってしまいます。作者は「二」と「一」の対置に興じたのでしょうか。それよりむしろ大きな景を素直に描いた方が句の格が上がります。部分的な面白さを求めるよりは直球勝負です。「二峰」を生かすか「雲」を生かすかですが、「雲かかる」などとしてしまうと、折角の麦秋の良いお天気が崩れてしまいます。広々とした空を感じさせて次のように。

添削Ⅰ　**筑波嶺に雲一つなき麦の秋**

添削Ⅱ　**晴れわたる筑波二峰や麦の秋**

結果的に雲を消すことになりましたが、大きな気息での景の完成です。

原句　旧情の君を忘るる油照

「君」の語は異性を指すことが多いのですが、ここでは特にこだわりません。それにしても単なる知人や友人というよりは、さらに思いの深い相手の場合になるかと思います。

昔のよしみ、古くからの縁ある人、そういう特別な間柄であった相手とのもろもろの出来事さえも忘却の彼方に去ろうとしている。かすかな心の痛みが「油照」の非情の語に炙《あぶ》り出されてくるようです。忘恩、といったことさえ想像されます。

「旧情の君を忘るる」の古風なフレーズは、罷《まか》り間違えば歌謡曲的になってしまうところですが、「油照」によって一句の質を転換しました。

ここで、わざと卑近な解釈をしてみます。——この茹だるような暑さでは古い馴染みも何もかも忘れてしまいそうだよ——。こんな解釈もできない訳ではありませんが、そうさせないのは、文語体の格調と、「旧情」というやや古格の響きを伴う語の使用によるものです。

季語の選択によって生きた作品です。

原句　秋の昼校歌で締めて校庭の劇

文化祭などの催しの一つとして、校庭でお芝居を披露したのでしょう。

ここでの「締めて」は、劇の最後に全員が舞台上で校歌を歌って締め括った、との意。

高校生くらいの年代を想像しますが、役者も観客も生徒同士、和やかな大合唱となったことでしょう。傍らの父兄も先生も思わず笑顔という光景。

面白い素材でしたが、いくつか手直しを。

添削　**秋高し校歌で閉づる野外劇**

原句の「校庭の劇」は、校庭で行われる劇の意ですが、どう表現するか苦労したところのようです。七音の字余りですから間伸びしています。「野外劇」として収めました。「締めて」、これは最近の日常会話でよく聞かれる言葉です。集まりや酒席の終わりに〈締める〉とよく使われますが、句の内容に対してやや通俗的。校歌をもって劇を終える・閉じる、とさらりと表現しておきます。

そこで次に、この情景を大きく包み込む上五の季語です。「秋の昼」は実景そのままを説明しています。もう一歩進めて、晴ればれと爽やかな秋の天候が感じられると、生徒たちの劇の一部始終、その成功が楽しく眺められるのではないでしょうか。「秋高し」はそんな効果をもたらしてくれる季語です。

原句　厨事子らにまかせて今日の月

十五夜のまどかな月明かり。夕食の準備か食後の片づけだったか、こまごました雑用を子供さんたちがやってくれているのでしょう。台所から聞こえてくる皿小鉢の触れ合う音や水の音、時折まじる笑い声などから少し距離をおいて、月を眺めているひととき。

「今日の月」は、名月、望月、満月、十五夜、どれも同じことで、どの言葉を使ってもよいようなものですが、それぞれ印象が微妙に違ってきます。作者は「今日の月」を選びました。今日この時の、という意が強まって、月を賞でている作者の心持が前面に出るように感じられます。

言葉の運びに無理のない、平明な作品です。

季語に心情を託す

《ポイント》

一句の中で季語をどのように扱うかということは、季語をどう考えるかに通じます。季節感をゆたかに伝える季語の働きは本意・本情という言葉が示すように、詩歌の歴史の中で培われてきた情趣を纏っています。それは単なる〈もの〉としての意味だけではなく、作者と読者の間の共感への架け橋です。たった十七音の短い詩型で、こまごま叙述しなくて済むのは季語の持つ豊饒な時空に負うところが大きいのです。そのことを心得た上で季語の力を信頼して作句したいものです。

原句　坐りても立ちても纏ふ朧かな

春は大気中に含まれる水蒸気が多いために、物の姿がぼんやりと潤んで見えます。〈朧〉

は春夜、月がぼんやりとして万物がかすんで見える現象をいいますが、詩歌に詠まれてきた〈朧〉はかなり情緒的で、対象の範囲も広がっています。朧夜・朧月はむろんのこと、草朧・谷朧・岩朧など。鐘朧となると聞こえてくる鐘の音にまで朧の気配を感じ取っている訳ですから、〈朧〉の季語は相当に主観的で情感のこもった使い方がされています。

原句の場合も、眼に見える現象というよりは多分に心象的なものです。作者のこのときの気分・情調が、春夜の何かしら摑みがたい不確かさと響き合ったのでしょう。

「纏《まと》ふ」では自分が意図した動作のようになりますから、「纏《まつ》わる」として、否応なしに「朧」が身に絡みついてくる表現にします。その方が思いが深くなるでしょう。

添削　**坐りても立ちても朧まつはりぬ**

「纏」の漢字表記よりも、平仮名の柔らかさがふさわしい。

先人の句、

大原や蝶の出て舞ふ朧月　丈草

内藤丈草は芭蕉の晩年の弟子。芭蕉の死に際して三年間の心喪に服したといわれます。人格の高潔さで蕉門の人々に親愛されました。

例句は、平家物語の建礼門院の悲話で知られる大原の地。うすうすと霞む朧月の下、幻影のように舞い出た蝶は薄幸の女人の化身を思わせる、という飯田龍太の名鑑賞があります。その龍太には次の句。

貝こきと噛めば朧の安房の国　飯田龍太

原句　新刊のずしりと届く雲の峰
原句　突然の訃報とどきぬ雲の峰

同じ〈雲の峰〉の二作品。同じ季語であっても内容次第で、季語自体の味わいが違ってくるという好例になりました。

どちらも五・七で人事、下五に自然を据えるかたちです。両句の構成は人事と自然のコントラストによって成り立っています。

前句は、持ち重りのする新刊書への期待感が「ずしり」という手応えで表現されました。夏空に湧き上がる雲の量感が作者の心の弾みに呼応します。

一方、後句では思いがけぬ出来事が展開しています。いうまでもなく人の命は儚く定めがたいものですが、それはそれとして自然は自然のままに存在します。非情といっては強すぎますが、それこそが本来、自然のあるがままの相。作者は無言で雲の峰を仰いだことでしょう。

「雲の峰」は、前者においては躍動感のある雄大な背景を描き、後者においては一瞬の静止画像のような趣きをもたらしました。

両句の成功は、喜怒哀楽といった安易な主情を入れなかったことにあります。

原句　雪催子等住む町へ行く列車

わが子が暮らしている町と思えば、格別の感情が湧きます。親ごころというものでしょう。その思いを反映させるのが上五の季語です。

季語の役割は単に季節感を伝えるだけのものではありません。一句の表現全体にゆきわたって、情趣を決定づけるものです。

原句では、「子等住む町へ行く列車」は一つの事象を述べています。このフレーズには、まだ何の性格づけもなされていません。どんな心持で、この列車を眺めているのか、それを想像させるのが、この場合上五に置かれた季語の働きです。

「雪催」は雪になる前のどんよりと曇った空模様。不穏な天気、とまでいっては作品に対して申し訳ないのですが、たまたま天候がそういうときだったのでしょう。でもそれは実際の場での事実にすぎません。

試みに、季語によって作品の印象がどんなふうに変わるか例をあげてみましょう。

小春日や子等住む町へ行く列車
冬うらら子等住む町へ行く列車
深雪晴子等住む町へ行く列車

〈冬〉の季から無作為に選んでみました。いずれも明るい気分が出てきます。季節にこめる感情によって、作品はいろいろな表情を見せます。

同じ雪の季節ながら、子等へ寄せる心情がそこはかとなく滲む季語で、

添削　**雪明り子等住む町へ行く列車**

季節を詠む

《ポイント》

季節が巡るたびに、四季のある国に生まれた幸せを思います。春夏秋冬それぞれに生活や行事の変化がもたらされる。自然とともに生きている実感が湧いてきます。

俳句で四季を詠むことはその自然の恵みも厳しさも引き受けた上で、生命を見つめ直すことかもしれません。

原句　啓蟄や髭題目の伸びやかさ

二十四節気という暦の上での区分があります。春夏秋冬の四季をさらに細かく分けたもので、立春や春分など、よく知られたものもありますが煩雑になりますのでここでは詳しくは述べません。「啓蟄」も二十四節気の一つで、三月初旬の頃に当たります。〈蟄〉は蟄虫の意で、土の中にひそんでいるもろもろの虫のことです。この時期、地虫をはじめ蛇や蜥蜴、蛙などが冬眠から覚めて活動をはじめる、そういう季節を指す言葉です。

「髭題目」は日蓮宗で唱える題目〈南無妙法蓮華経〉の文字。先端が髭のように撥ねている特徴的な書体から、俗に「髭題目」と呼ばれます。

時あたかも虫たちが蠢《うごめ》きはじめる啓蟄の候、お題目の文字まで動き出しそうな、という作者のウイット。なんだかむずむずしてきます。ユーモラスな作。とはいえ、ちょっと面白過ぎてしまうのは語呂が良すぎるせいでしょうか。名詞止めにした「伸びやかさ」を一工夫して。

添削　**啓蟄や髭題目の伸びやかに**

はじめに〈啓蟄〉の語を時候を指す言葉とだけいいましたが、この季節の虫そのものとして使っている例には次の句があります。

啓蟄を啣《くわ》へて雀飛びにけり　川端　茅舎

〈地虫穴を出づ〉は〈啓蟄〉の関連季語。この季語を面白く使っている作品を紹介しましょう。

地虫出づふさぎの虫に後れつつ　　　　　相生垣瓜人

「虫」の語から連想しての機知の句ですが、この諧謔、うーんと唸ってしまいます。相生垣瓜人にはこういう愉快な句が沢山あります。

東山はればれとあり地虫出づ　　　　　日野　草城

こちらはまた気持のよい句です。遠近の距離が広やかで、春先の気分が横溢していま す。「東山」の地名がまことにおおらか。

虫を特定した〈蟻穴を出づ〉などもあり、蛇や蜥蜴など爬虫類に拡げて詠まれたりもしています。

蟻穴を出でておどろきやすきかな　　　　　山口　誓子

原句　リハビリにをみな優先雛の日

一文字だけ入れ換えます。

添削　**リハビリはをみな優先雛の日**

上五の助詞を「に」から「は」にします。格助詞「は」は多くの場合、強調・限定が過ぎて理屈っぽくなりやすいのですが、それもケースバイケース。ここでは断然「は」を使って意味を強めておきましょう。

三月三日の桃の節句、何といっても女の子のためのお節句当日です。女性からお先に、どうぞどうぞ、ご遠慮なく、といったところでしょうか。現代的に言うなら「女性優先」とするところを、古風に「をみな」としたのは雛の日に因んでの作者のユーモアが感じられます。

察するところ、いずれもお齢を召した女人たち。でも、よいのですよ。折角の一年に一度の日、昔はみんな女の子だったのですからご厚意に甘えておきましょう。

原句　残る花つつみてまろし雨上がる

「残る花」つまり〈残花〉は、花季を過ぎてまだ枝にちらほら咲き残っている桜花です。盛りの頃とは異なる淋しい風情があります。似たような状態ですが〈余花〉の方は春を過ぎ初夏になっても咲き余っているものを指す言葉になります。

間違えやすい〈返り花〉という季語もありますから、ちょっと一言。こちらは冬。いわゆる狂い咲きです。十一月頃の小春日和に時ならぬ花を咲かせます。〈忘れ花〉と風雅に表現したりもしています。この「返り花」、ほとんどの歳時記で、桜にかぎらず草木が季節はずれの花を咲かせること、としていますが、高濱虚子は桜と断定して、他の花の場合はその名を補うといっています。確かに何の花か分からなければイメージが定まりません。長い経験に基づく虚子の見識です。各人が吟味して使うべき季語と思います。

そこで原句。花盛りには大勢の眼を愉しませた桜も今は枝先に数輪を残すばかり。さっきから静かに降る雨が桜を包みこむようにけぶって見えていたけれどそれもようやく上がった、との句意でしょう。

「まろし」は、その雨と花との関わりを客観的に描写するところからはみ出して、主情的にいいとった言葉です。作者の抱いた感想の部分といってもいいでしょう。雨が「つつむ」と捉えたことで作者の花に寄せる情感は伝わりますから「まろし」は省きます。

添削Ⅰ　**残る花つつみし雨の上がりけり**

名残りの花を惜しむように優しく包んでいた雨も今はもう止んでしまったという、惜しむ気分をもう少し押し出すのなら、一字の差で、

添削Ⅱ　**残る花つつみし雨も上がりけり**

となりますが、これは好きずきです。作者の気持に叶うほうを。

原句　リラ冷えの明るき夜になりにけり

なんと気持のよい句でしょう。

リラはライラック、紫はしどいとも呼ばれます。淡紫色、淡紅色、白色などがあってヨーロッパ原産。札幌の大通公園には見事な並木があります。市の花に指定されて五月下旬には「ライラックまつり」が開催されるのだとか。北海道には明治の中頃に入ってきたそ

うで、西欧的な雰囲気でイメージされる植物かもしれません。

歳時記には晩春に分類されていますが、「リラ冷え」の季節感は北海道の気候風土ならではという気がします。

この句からイメージするリラの花はぜひとも淡紫であってほしいと私などは思うのですが、これは個人的な好み。もちろん読者それぞれ好みの花色を思い浮かべてください。

何といっても「明るき夜」の措辞が素晴らしい。ひんやりとした夜気の中、リラの香りに包まれたのでしょう。この空気の感触、なんともいえず好もしい。清潔な抒情がありま す。つけ加えることはありません。素敵な作品でした。

原句　窓硝子すべて磨きて卒業す

喧嘩もしたし、淡い初恋もあった。思春期の少年少女の、得がたい日々の成長を育んでくれた教室。明日からはもうこの場所に足を踏み入れることはない。それらの、言葉にならない感情がこの句に溢れています。

懐しいとも悲しいともいわずに、行為だけを描いて、あとは読み手の想像に委ねる、潔い句作りです。

「すべて磨きて」に心情が託されているのですが、やや説明的です。リズムも、もう少しなだらかに。

上五の「窓硝子」は「硝子窓」と、窓のほうに比重のかかる言葉の方が教室の空間が無理なく感じられるでしょう。

添削 **硝子窓あまさず磨き卒業す**

卒業の句で、私の大好きな作品があります。

卒業の涙を笑ひ合いにけり　　**加藤かな文**

生徒たちの健やかな姿態がいきいきと見えてきます。

新年の季語を詠む

《ポイント》

ほとんどの歳時記は春夏秋冬のほかに新年の項を別立てであげています。冬に含めず独立させて扱っているところに、「新年」の季を先人が大事に考えてきたことがうかがわれます。

原句　在るがまま流るる儘《まま》に去年今年

〈去年今年《こぞことし》〉は、一夜のうちに年が去り年が来る感慨を表す新年の季語。「去年今年貫く棒の如きもの　高濱虚子」の一句によって、この特殊な季語は明確なイメージとともに定着しました。

原句には、日常の自分の暮らしぶりを振り返りつつ、新しい年を迎える思いを噛みしめている趣きがあります。「在るがまま流るる儘」には、自然体を良しとする作者の姿勢が思われますが、同じような意味の言葉を重ねるよりもどちらか一つに絞りましょう。「在るがまま」には肯定する印象がありますが、「流るる」となると、自分の意思とは別に、流されていくばかりというマイナスイメージが働きます。

「在るがまま」を生かして、肯定の意を強めると、次のように。

添削　**在るがままなるを諾《うべな》ひ去年今年**

〈去年今年〉の季語による先人の句には、

去年今年闇にかなづる深山川　飯田　蛇笏
命継ぐ深息しては去年今年　石田　波郷

飯田蛇笏は甲斐の豪農地主の家の生まれ。東京での学業生活を捨てて家を継いだ後、終生を郷土で過ごしました。格調高く主観性の濃い作風で知られる人。大正期を代表する俳人です。掲句には甲斐の風土が重厚に詠まれています。

石田波郷は四国松山の生まれ。「馬酔木」に入会して上京。「鶴」を創刊し、人間生活に根ざした作品から「人間探求派」の一人に数えられます。戦後、肺結核が生涯の病となり、作品に境涯性が深まってゆきました。

例にあげた両句は、この二俳人の特色がよく表れています。

原句　独楽まわし吾子の眉間に一文字

一読、まるで子の顔面に独楽が素っ飛んでくるかのようです。独楽回しの手が逸れたのか、危ない危ないと一瞬思いかけたのですが、もちろんそんなことではなく、この「一文字」は眉間に皺が寄るほど力を入れている様子でしょう。

一心不乱に独楽を打つ場面を表情によって描いています。「眉間に」を「眉間の」として、「一文字」に直接かかるようにすると、はっきりします。

上五は〈独楽回す〉または〈独楽を打つ〉のように動詞終止形で切ると力強い。

添削Ⅰ　**独楽まはす吾子の眉間の一文字**

〈回す〉を平仮名で歴史的仮名遣いの表記にすると〈まはす〉となります。この上五は〈独楽を打つ〉ならばきっぱりした韻《ひび》きが出ます。

原句の主人公は「吾子」でした。作者の気持として、この語を入れておきたい、つまり我が子の成長記録の一齣のつもりで残しておきたい場合は別ですが、一句の中心をなすのは独楽を打っている緊張感です。そこに焦点を当てるなら、次のように。

添削Ⅱ　見据ゑたる眉間に力独楽を打つ

原句　晴れの日の雨の夜となる七日粥

〈七日粥〉はご承知の通り正月七日に七種の菜を入れて食べる粥で、セリ・ナズナ・ゴギョウ・ハコベラ・ホトケノザ・スズナ・スズシロがその七草ですが、これを囃し言葉とともに叩くという風習があります。

〈七草粥〉ともいわれて、これを食べれば「万病を排し、邪気を除く」とか「魂魄の気力を増し、命を延ぶる」などとむずかしい由来もあるそうですが、要するにめでたいお呪《まじな》いと思えばいいでしょう。もっとも、お正月のご馳走で疲れた胃には打ってつけの食べ物です。

ゆきばらのけさもやめるや薺粥　久保田万太郎
朝雲にむらさき残る七日粥　永島　千代

などを見ても分かるように、大抵は朝に食べるものでしょうが、そこはそれ何といっても
この現代、うるさくはいいますまい。作者は晩になって召し上がったようです。
「晴れの日」というのはお天気のことか、それとも晴れがましい祝いごとの当日の意味
か両方にとれますが、いずれにしても「日」が少々うるさい。前者の意味で手直しをする
なら、

添削Ⅰ　**晴れののち雨の夜となる七日粥**

こうすると一日の天候の経過をただ述べただけですが〈七日粥〉の季語の面白さによっ
て一応のかたちになります。もう一例、やや趣を変えて、

添削Ⅱ　**そののちの雨の夜となる七日粥**

「そののち」というのは、よくいえば含みを持たせた表現、悪くいえば思わせぶりにな
りそうですが、原句の中七から下五に至る続き具合、しっとりとした情感を押し出した
い。それ以外はほとんど必要ないというくらいに。ですから上五は時間の経過を匂わせる
だけにとどめました。
なお、例に引いた久保田万太郎の句は漢字を当てると「雪腹の今朝も病めるや七日粥」
となります。人事句の名手の、平明にして味わいのある句です。

原句　村の子の走りながらに嫁叩

「嫁叩《よめたたき》」は正月十四、五日ごろ、村の子どもたちが祝い棒を持って新婦の尻を打ってまわる行事、と解説されています。面白い風習があったものですが、これには子孫繁栄を祈る意味があり、長野県佐久では〈嫁叩〉、そのほか各地方によって名称が異なるようです。
まさに原句の通りの光景が展開されますが、「走りながらに」よりも「走りながらの」として、上から下まで一気呵成に詠む方が勢いが出るでしょう。

添削Ⅰ　**村の子の走りながらの嫁叩**

中七の「走りながら」は見たままの情景。この部分は工夫のしどころです。たとえば次のように。

添削Ⅱ　**村の子の出会いがしらの嫁叩**

原句　静かなる衣ずれのみの初稽古

新年になってから初めて先生に稽古をつけていただく。柔道剣道といった武張ったものから、茶道に花道、歌舞音曲もあることでしょう。新春の華やぎの中にも、きりっとした緊張感が漂います。原句からは茶の湯や能などを想像しますが、いずれであっても稽古始めの引き緊まった空気が感じられます。

ここでは「のみ」という限定はいわずもがなです。読み手は書かれていることだけを受け取るのですから、わざわざ断りを入れるには及びません。つけ加えるとすれば、人物の姿なり動作なりが浮かんでくるように。となると、語順も入れ換えて、

添削　**衣ずれの静かに進む初稽古**

「衣ずれ」か〈衣擦れ〉か、また「静か」か〈しづか〉か、漢字と平仮名の表記は字面《じづら》を見て、しっくりするものを選びましょう。

〈初稽古〉の例句を歳時記で参照しますと、稽古の内容の分かるものと分からないものがあります。

念流の矢止の術や初稽古　　金子伊昔紅

これは剣道ですが、

松蒼き切戸くゞるや初稽古　　佐野青陽人

こちらは何の稽古ともいってはいません。稽古始めに師匠の家を訪れた、その時の情景を切り取ることで〈初稽古〉の気分のようなものを描いています。いわば、その気分、情趣といってもいいのですが、それが主体になっています。

原句の場合は後者になりますが、今後の作句の折には、何に主眼を置くか見定めて、具体的にするべきかどうか決定していって下さい。

五章　表現技法

切れ字「や」の効果

《ポイント》

「切れ字」は句中または句の末尾に置かれて、その効果によって豊かな詩情をもたらす手段です。十七音の言葉の流動を断ち切ることで余韻をもたらし、ひとつの世界を屹立させる、そのような一句の完結のために切れ字は大きな力を持っています。「や」「かな」「けり」はその代表ですが、ここでは特に代表中の代表である「や」について、おさらいしてみましょう。

原句　草萌えの大方は名の知れぬもの

いわれてみれば、なるほどそうだなあと実感します。この作者は普通私たちが気にも止めなかったことを、改めて気づかせてくれました。

植物学者の故牧野富太郎博士でしたか、昭和天皇でしたか、「雑草という草はない」と仰しゃったとか。でも申し訳ないことながら、植物学に疎い身にとっては道端や野原の草というのは掲出句のように眺められてしまいます。

さて、ここで残念なのはせっかくの発見が散文的な報告になっている点です。これは上五で切れを入れましょう。

添削　**草萌えや大方は名の知れぬもの**

「草萌えや」と大きく一呼吸おいて、早春の息吹を感じつつ「大方は名の知れぬもの」と一転します。この転換がそこはかとないユーモアを醸しだしました。

原句　形代に書きて子の名の由来など

陰暦六月晦日に行う夏越《なごし》の祓《はらえ》では、茅の輪くぐりをはじめ形代を流すなどの行事があります。白紙で作った形代に名前を書き、体に触れて穢れを移してから神社に納める、または川に流す、というものです。遠方の神社だったりすると事前に形代が送られてきて、名前を記して送り返すといったこともあります。

原句からは、お子さんに代わって名前を書き入れている多分お母さんではないでしょうか、こまごまと記さずにはいられない親の心情がうかがわれます。あるいは名前を書いたあとで、受付の神職さんにでも話をしている、そんな様子が想像されます。切れを入れて、散文的な調子を引き緊めましょう。

添削　**形代や子の名の由来書き添へて**

下五は、そのときの状況次第で「言ひ添へて」とも。

原句　底冷ゆるうつばり太き通し土間

「通し土間」は入口から裏口までずっと伸びた土間のある建築様式でしょう。豪農であった旧家で、このような造りを見たことがあります。土間に沿った片側は座敷部分、反対側の入口近くには大きな炉が切られ、作業用らしい広い空間があって、奥の裏口近くには竈《かまど》が据えられて勝手場になっているというものでした。これは一例ですが、原句もおそらくそれに近いと思われます。

「うつばり」は梁。柱上に渡して小屋組を受ける横木ですが、切り揃えた角材よりも一本丸ごと、曲りもそのままに使われた梁が、先に述べた家屋によく使われています。「うつばり」も「土間」も、先祖代々の家の歴史を見守ってきた家霊がひそむかに感じられるのは、〈底冷え〉という季語の重みによるものです。

格調のある一句です。「底冷ゆる」が連体形で、次のフレーズに続いてしまうのが残念。これは〈底冷えや〉としてはっきり切れを入れたい。一句の恰幅が違ってきます。

付言しますと、〈底冷え〉という名詞形はありますが、これを〈冷ゆ〉と同じ動詞のように扱って「底冷ゆる」とするのは熟さない言葉の部類かと思います。

添削　**底冷えやうつばり太き通し土間**

原句　風花に学童跳ねて声飛んで

風花は晴天に雪がちらつくこと。遠方の山岳付近に起きた風雪が上層の強風に乗って、風下の山麓地域に飛来する現象と解説されています。重く垂れこめた雪空とは違った、美しいイメージです。

学校の休み時間か下校時でしょうか。「風花」に祝福されているような、子供たちの健やかさです。「……跳ねて……飛んで」と重ねたリズムが楽しさを倍増させています。このリズムの良さが句の散文調を救っていますが、ここはやはり上五で切って一呼吸おきましょう。そうすることで「風花」が鮮明になりますし、空間的な広やかさも生まれます。ただ一字の違いですが、

添削　**風花や学童跳ねて声飛んで**

高濱虚子に、

日ねもすの風花淋しからざるや

があります。こちらは大人が眺めての風懐という趣きの作品です。一方、

風花を美しと見て憂しと見て　　星野　立子

立子は虚子の次女。俳句の才能を父虚子によって見出され育てられました。柔軟で清新な感受性を生かし、写生を基本にしましたが、掲句に見られるような女性らしい主観を覗かせた句も多く作っています。

取り合わせの注意点

《ポイント》

俳句の手法の一つに〈取り合わせ〉があります。一句の中に二つ以上（多過ぎてはポイントが分散しますから通常は二つくらいで）の素材が組み合わされることです。この手法は、素材同士の即《つ》き具合、離れ具合が作品の味わいになります。

原句　改札の監視カメラや夏燕

原句では、改札の監視カメラと夏燕が取り合わせに当たります。
最近は街のあちこちで監視カメラを見かけるようになりました。賛否両論ありますが、現代風景の一つでしょう。駅の改札などでは大勢の乗降客が往き来しますから、早い時期から設置されていたかと思います。そこにこの季節、燕の飛翔がひんぱんに見受けられる。駅頭での一場面が無駄なく切り取られています。——と、ひととおり納得した上で、気になる点を考えましょう。

「夏燕」は夏空の下、素早く飛び交い、ひるがえる姿が爽快感をもたらします。その印象に対して、「監視カメラ」はイメージの落差がありすぎて違和感が残ります。とはいえ、これは確かに現代の風景。そうなるとどうするべきか、です。原句は、「や」を使って中七で大きく切れています。下五の「夏燕」は、いわば置き逃げの形で単独に存在していますす。この二者を関係づけます。

添削　**改札の監視カメラへ夏燕**

一文字の違いですが、これなら無理なく一つの場景として収まります。

原句は句中に切れを入れた二句一章の形。添削句は句中に切れのない一句一章です。

原句　数え日やポインセチアに魅せらるる

年末になって残る日数が少なくなったことをいうのが「数え日」。お正月まで、あと何日あと何日と、気忙しい気分を言い取った面白い季語です。歴史的仮名遣いでは「数へ日」と書きます。

ポインセチアはご存じの通り、クリスマス用の鉢物によく使われる観葉植物。真っ赤な葉が、花と見紛う派手な美しさです。

原句は、年の暮の慌しい一刻に、ふと眼に留まったポインセチアの強烈な印象が発想の原点になっています。着目したところは良かったのですが、「魅せらるる」はいわずもがな。これは作者の感想であって、ここまでいわれてしまっては読む側に想像の余地がありません。まず削りたい部分です。

次に、「数へ日」と「ポインセチア」はどちらも冬の季語。季重なりになっています。一般的に季重なりは一句の焦点が分散するために避けたいものです。作品によっては必ずしも忌むべきではありませんが、初心の場合は気をつけた方が失敗は少ないでしょう。原句の場合も、「ポインセチア」を中心にして、「数へ日」を別の表現にすると、内容にふくらみが出てきます。

添削　**ポインセチア片付かぬ日々過ぎゆけり**

　　　ポインセチアなすこと多き日々過ぐる

中七下五のフレーズは、自分の生活実感から浮かぶ言葉をいろいろ工夫して下さい。

添削例は、〈ポインセチア〉と〈過ぎてゆく日々〉という二つの素材が配合されています。このような句の形を〈取り合わせ〉と呼んで、二つのものの結びつきが、互いに映り合って情趣が醸されるようにする作句法の一つです。この方法は思いがけない効果を生んで新鮮な作品も多いのですが、関係性が離れすぎると何のことやら分からない場合も出てきます。即《つ》かず離れずの呼吸が必要になります。句作の最中にいちいち方法を意識しながら詠む訳ではありませんが、出来上がった作品を検討するときに、覚えておいて損はありません。

字余り字足らずの工夫

《ポイント》

俳句の十七音はリズムが命です。特に覚えようとしなくともしぜんに口ずさむことができるのは五・七・五のリズムがあるからです。字余り、字足らず、句またがりなどは破調といって、この韻文性を逸脱するもので避けるのが賢明ですが例外も含めて見てゆきましょう。

原句　村は五月援農隊のバスツアー

愉快な句です。五月といえば田植えの時期。都会生活者が農家と契約して農作業を体験するツアーなのでしょう。お手伝いとはいいながら、実のところは足手まとい。作業の足を引っ張っているのかもしれませんが、それも楽しい笑いのうち。援農隊と称していっぱしのお百姓気分、といったところでしょうか。

上五を「村五月」として五音に収めることもできるのに、わざわざ六音の字余りに伸ばしているのは作者の技です。この緩いリズムのおかげで、のどかな気分が増幅されました。字余りをこんなふうに利用することもあります。

原句　小春日和や医者待合いの鳩時計

字余りだったり、窮屈だったりする表現を刈り込みましょう。上五は〈小春日や〉とすれば五音で収まります。次に、「医者待合い」は、ずいぶん無理をして詰め込んだ言葉です。医院の待合室でしょう。原句のままですと、医師が待ち合せでもしているようです。かといって〈待合室〉だけでは、病院以外にもありますから、言葉の扱いに苦労したかもしれません。どこの待合室であってもよいと割り切るか、別の表現を工夫しましょう。

原句は、さして大きくない個人病院のようなところと想像します。重患も急病人も今はいない、三、四人がのんびり順番を待っている暖かな昼下がり。可愛らしい鳩時計が柱に掛かって時を刻んでいる。小春日にふさわしいのどかな情景です。単純に手直しをするなら、

小春日や待合室の鳩時計

となりますが、作者が注目した「鳩時計」に比重をかけると〈小春〉の季節感ももっと生きてきます。

添削　**鳩時計鳴つて小春の診療所**

三段切れについて

《ポイント》

五・七・五音さえ整っていればよいという誤解が三段切れを招きやすくしています。三段切れとは句末を含めて一句中に切れが三つ生じるかたちをいうもので、いわば三つの概念が同等に置かれているために中心が曖昧になりやすく、戒められてきました。もちろん、表現形式に例外はつきもので、この用法が生きた例もあるのです。初心の場合は大方が怪我をすると心得ていましょう。

原句　春月や溢れる光和の心

単に「月」といえば秋季というのが俳句の場合の約束ごと。その他、春・夏・冬の語を加えて、それぞれの季節の月になるわけですが、春の月は〈秋月の澄みとちがって、ほのぼのとした艶がある〉（『カラー図説日本大歳時記』講談社）との解説もあるように、潤いを含んだ風情を感じさせるものです。

作者はその柔か味を帯びた月明かりに心惹かれたのでしょう。問題は、一句がブツンブツンと途切れて、詩情の流露が止められてしまったこと。「火の用心おせん泣かすな馬肥やせ」式の表現になってしまっています。標語などにはこういう形がよくあります。

少々あんまりな例をあげてしまいましたが、このように三つに切れてしまう形を三段切れと呼んで、情感の流れが切断されやすいため注意したい点です。もっとも、何事にも例外はあるもので、

目には青葉山時鳥はつ（初）鰹　素堂

初蝶来《く》何色と問ふ黄と答ふ　高濱　虚子

など、三段切れの最たるものですが、昂揚感が自ずとこういうリズムをとらせたという趣きの句です。けれども、これは例外中の例外。

さて、原句に戻ります。作者の意図は、

春月の光さながら和の心

ということでしょう。これで三段切れは免れましたが一番の難点は「和の心」の語です。これは生《なま》な概念でしかありません。俳句は本来〈物〉に託して伝えるものです。解説的な言

葉で結論づけるのではなく、景を示すことで読み手に感じとってもらわねばなりません。
さらに「光」の語は必要だったかどうか。「春月」といっただけで月光は感じられます。ここは省きたい。また、一句の内容から考えて「春月」の漢語的響きも硬いようです。

添削　**和《なご》やかにあれよと春の月明り**

「月の光」と「月明り」、似たようなものですが、後者ならばひとつづきの語として収まります。

原句の発想に通じる例句を参考までに。

家畜みな藁に眠れり春の月　　松村　蒼石

いかにも「和の心」そのものの穏やかな情景と思いませんか。このように具体的な景を示すだけで、作者のいいたいことは余情として伝わるのではないでしょうか。こういう方向を目指したいものです。

前述した歳時記の解説は飯田龍太。その作品に、

紺絣春月重く出《いで》しかな　　飯田　龍太

があります。例句にあげた松村蒼石は、この龍太とその父・蛇笏とに師事した人です。

原句　港町競り合う声や秋市場

漁港近くの活気に満ちた魚市場の様子ですが、「港町」・「競り合う声や」・「秋市場」と、一句が三つに切断されています。このように三箇所の段落を有する形が三段切れ。

原句は「港町」「秋市場」と、場所を示す言葉が二つ重なっていますから、どちらかを省きましょう。魚の競りが行われている光景が句の中心ですから、「港町」では場の範囲が広すぎます。「市場」を採用して、次に「秋市場」の語が問題です。

春夏秋冬、どの場合も同じことですが、季節を冠すればそれがただちに季語になると考えるのは早計です。というより、強引な季節の扱い方であるといった方がよいでしょうか。たとえば〈秋鉛筆〉〈秋手紙〉などの言葉が成り立たないのと同じです。

一見、似たような姿をした季語に〈秋扇〉〈秋簾〉がありますが、こちらは秋であることにちゃんと意味を持っています。本来、夏に使われる扇や簾がその季節を過ぎた侘しさというものが情趣の中心になった言葉です。「秋市場」にはそのような意義はありません。一句の内容に深く関わって、どうしてもこの季節の市場であるといいたい場合は、せめて〈秋の市場〉と、〈の〉の助詞を入れるべきでしょう。それにしてもむやみに使うことは戒めたいものです。

〈秋〉の季節感は作品全体を包むように。

添削 **秋晴や競り声高き魚市場**

オノマトペ

《ポイント》

オノマトペとは擬声語・擬態語の総称です。擬声語は自然や事物のたてる音（雨「ざあざあ」、物音「ごとごと」など）や動物の声（犬「わんわん」）などです。擬態語は物事の様子や状態を感覚的に音で表すもので（「ひらひら」「ぐらり」「ぴかぴか」）など沢山あります。

上手く使えば感覚に強く訴えて効果的ですが、常套的な用い方では平凡でつまらなくなりがちですから心して使うべき用法です。

原句　ざわざわと山の音する芽吹かな

山中の樹木がいっせいに芽吹きの季節を迎えている。「ざわざわ」は実際の音というよりは気配に近い。それは山の芽吹きそのものの気配である、という句意。

山中で聞く風鳴りなども「山の音」ということはできますが、この句の場合は多分に心象的に使われています。芽吹きを感覚的に捉えている。「山の音」イコール「芽吹き」との意をもう少しはっきりさせると、一字の違いで、

添削　**ざわざわと山の音なる芽吹かな**

となりますが、この「ざわざわ」のオノマトペ、気配としても、また実際の音としても、やや平凡。さらに工夫したいところです。

オノマトペの名手といわれた秋元不死男に次のような例があります。

鳥わたるこきこきこきと罐切れば

へろへろとワンタンすするクリスマス

ものの手触り、質感が際立っています。お手本にしたい二句です。

原句　春深むアフリカ象の耳ぺたり

何とも面白いところに眼を着けたものです。アフリカのサバンナに棲息するこの象は、耳の大きいことでも知られています。もちろん動物園でご覧になったのでしょう。野生の象なら、こんなふうにのんびりとはとても詠めません。「ぺたり」のオノマトペが絶妙。団扇のような大きな耳とその肌の感触まで、肉感的に想像させられます。

中七下五の措辞が、舌足らずなもの言いであるのが逆に面白い効果をあげています。普通なら、

アフリカ象耳をぺたりと春深む

のような形にするところでしょうが、原句の言い回しをこのまま生かします。

そこで次に、季語がふさわしいかどうか。〈春深し〉は、春たけなわの季節ではありますが、単に春らんまんという気分とはいくらか異なるニュアンスを感じないでしょうか。季節の盛りをそろそろ過ぎるのだという翳りを内に含んで感じられます。これは「深し」の語が醸し出すのでしょう。〈春深し〉は心の襞に分け入ってくるような情趣があります。ただし、この句の場合そういう情緒はむしろ排したい。もっとあっけらかんとさせたいの

です。

さらに、「春深し」は時間の推移を含む言葉です。原句は一瞬の光景を捉えた内容ですから、この場の空間的な把握だけにした方が印象鮮明になります。となると、〈春昼〉などどうでしょう。象の巨体が物体感とともに感じられるように。

添削　**春昼のアフリカ象の耳ぺたり**

句中の切れはなくなりましたが、「ぺたり」というオノマトペが効いているために、これで収まります。

原句　サイダーのしゅわっと浜の夏祭り

勢いのあるいい作品です。サイダーの栓を抜いた途端に弾ける泡の音。砂浜には出店も沢山並んでいるのでしょう。「浜の夏祭」であることで、真っ青に広がる海と空が眼前します。「しゅわっと」のオノマトペのもたらす臨場感。

同じ作者に、

ぺディキュアの足並揃ふ浜神輿

もありました。この現代的風俗への着目も面白いですが、断然、掲出句に軍配が上がります。動詞や形容詞など、説明の言葉がまったくありません。「しゅわっと」の擬音以外はすべて名詞です。

なお、季語で〈祭〉といえば夏季。他の季節の場合には〈春祭〉〈秋祭〉と季節を冠しますよ。その意味では重複といえますが、下五の音数合わせという以上に、〈夏祭〉の例句が多くあることからもうかがわれるように、「夏」の語を入れることによって、威勢のよい力強さが出てきます。〈夏祭〉は名詞ですから、送り仮名の「り」はいりません。歳時記の表記に準じます。

添削　**サイダーのしゅわっと浜の夏祭**

比喩表現

《ポイント》

比喩は、事物を別のものに喩《たと》えることで、直喩と暗喩がその主なものです。俳句で圧倒的に多く使われる直喩は「～のようだ」「ごとく」「あたかも」などの語によってAとB二物を結びつけます。暗喩はこれらの語を用いず、読者の判断に委ねられるところの大きい比喩です。

やり羽根や油のやうな京言葉　高濱　虚子

白湯さめしごとくに鶴の空はあり　友岡　子郷

白葱のひかりの棒をいま刻む　黒田　杏子

一、二句が直喩、三句目が暗喩です。

京言葉が「油のやう」であり、空の気配が「白湯さめしごとく」であるという意表を突く喩《たと》えは、AとBの関係に鮮やかな質の転換を生んでいます。一方、白葱を「ひかりの棒」と捉える感性には対象への非凡なまなざしを思います。

比喩は俳句表現の有効な手法ですが例句からも分かるように、意外性や飛躍があってこそ効果を発揮します。平凡陳腐では意味がない。安易に用いるのではなく、対象の本質を見極めてはじめて成功するものです。

原句　寒雁や鏡のごとき水面に

「鏡のごとき」が比喩です。静まり返った湖沼にさむざむと浮かぶ雁の姿ですが、「鏡のごとき」はいかにも平凡。常識的なたとえは詩情を刺激しないのです。それくらいならいっそ比喩を使わずに詠みましょう。原句の静けさを生かしたまま、寒雁に重心を移して描きます。

添削　**寒雁の影伴《ともな》へる水の上**

原句　散髪のやうにさつぱり松手入

〈松手入〉は、去年からの古葉を摘みとり、枝の配置を整えるために鋏を入れたりするもので、手入れの済んだあとの松はことにすがすがしく眺められます。

原句の「散髪のやうにさつぱり」はそのことを比喩でいいかえているだけです。これでは当たり前すぎて詩としての飛躍も発見もありません。常識的な発想は、どこまでいっても陳腐な作品しか生まないのです。駄目なものは駄目と割り切って、捨てる覚悟を持ちましょう。

ここでは先人のすぐれた句を参照するにとどめます。作句の手がかりにしてください。

きら〳〵と松葉が落ちる松手入　　星野　立子

松手入せし家あらむ闇にほふ　　中村草田男

立子句は松手入の最中を詠んだもの。明るい日射しを感じさせて、視覚に訴える句です。一方の草田男句は松手入の済んだあと。夜のしじまに青くさい松葉の香を感じた嗅覚の句です。

原句　道なりに飛び火したるや曼珠沙華

「飛び火」とは機知に富んだ把握でした。

曼珠沙華が火のようだというだけなら平凡な比喩にとどまります。この花の赤い色、そして火花が爆ぜたような蘂の形状からは十中八九の人が火を連想するに違いありません。ところが作者はそこから発展して、一かたまりずつ群生しながら点々と続く曼珠沙華を概観的に捉えました。正確な描写です。

問題は「道なりに」と説明したために、情景がいきいきと感じられないこと。もっと驚きのある表現にならないでしょうか。真っ先に目に飛び込んだのは炎の連なりのような曼珠沙華です。「道なりに」というのは、あとからの状況説明でしょう。あっ、と思った瞬間の驚きを読み手もともに味わいたいのです。では、

添削　**飛び火して道のさきざき曼珠沙華**

比喩を見立てといってもよいでしょう。卓抜な見立てによる次の一句、

摩天楼より新緑がパセリほど　　鷹羽狩行

摩天楼はマンハッタンのエンパイア・ステートビル。眼の眩みそうな高さから眼下の公園の緑を眺めた瞬間の印象です。俯瞰の一点を「パセリ」程度と捉えた警抜な比喩に脱帽です。

六章　文法

文法を正しく

《ポイント》

どんなにすぐれた内容でも、言葉が間違っていれば何にもなりません。意味も通らなくなります。作品以前の問題です。面倒がらずに辞書を活用して、正しい言葉遣いや適切な表現を身につけていきましょう。

原句　思ひ出をくべて燃やせば曼珠沙華

非現実の心象句です。現実を描いた写生句は読者の理解を得やすい利点がありますが、非現実を主題にした場合、作者の感じたことがそのまま読者に感じられるかどうかが勝負です。

曼珠沙華の特殊な形状と色彩は、現実の時空を超えた想像を掻き立てるものかもしれません。「思ひ出」と「曼珠沙華」、お膳立ては揃いましたが、読者の共感を呼ぶためには、その結びつき方に周到な修辞が必要になります。

まず中七「くべて燃やせば」。〈焼《く》べる〉は、火に入れて燃やすことですから意味が重複しています。

次に「燃やせば」ですが、文語の用法において、〈ば〉という接続助詞には二つの使い分けがあります。

①動詞未然形＋ば（燃やさば）……仮定条件
②動詞已然形＋ば（燃やせば）……確定条件

こう書くとややこしそうですが、次のように覚えておいて下さい。
①は実際には起こっていないことです。〈もしも……したら〉の意味です。
②は事柄が起こった場合です。〈……したら〉、〈……したところ〉の意味になります。
原句は実際に燃やした訳ではありません。〈もしも思い出を燃やしたならば〉ということですから①の形が正しい使い方です。

次のような例があります。

この樹登らば鬼女となるべし夕紅葉　三橋　鷹女

これも〈もしも〉という仮定ですから、〈登れば〉ではなく、〈登らば〉と未然形が使われています。烈しい情念の句ですが、原句にも情念に通じるものがありそうです。では、

添削Ⅰ　思ひ出を燃やさば千の曼珠沙華
思ひ出を燃やさば曼珠沙華一本（一花とも）

数限りなくとするか、たった一本に思いをこめるか、気持に叶う方を。
さて、これとは別に、考え方を変えて、現実により近い形にしてみますと、

添削Ⅱ　思ひ出のところどころに曼珠沙華

思い出を辿るとき、その長い時間の折々に点景のような曼珠沙華の記憶が甦る、という意味になります。

助詞の工夫

《ポイント》

助詞を俗に〈てにをは〉といったりしますが、この〈てにをは〉、散文の場合も俳句の場合も大事であるのはいうまでもありません。散文では意味伝達の正確さに主眼が置かれるでしょうが、俳句ではこれに加えて微妙な味わいを表現する工夫のしどころともなります。

たとえば、〈私は〉とするか〈私が〉か、あるいは〈海へ〉か〈海に〉か。ほかにも限定を表す〈のみ〉〈ばかり〉のどちらを使うか、など。それを決定するのは一句に詩情が生まれるかどうかの判断です。

原句　熱燗やほぐるる兄の国訛

いい情景ですね。故郷を離れて、それぞれ一家を成して暮らしている兄弟。ある程度の年配者であることが「熱燗」から想像されます。

日頃の緊張から解放され、お酒の酔いも回る頃、弟を相手に懐かしい郷里の訛に戻っている。そんな場面が過不足なく描かれています。「どうだ、この頃は」「いや相変らずだよ、この間は子供が風邪をひいてな、もう良くなったが」「そうか大事にしろよ」——他愛ないやりとりに情が通います。

思わず楽しんでしまいましたが、上五を「熱燗や」と切らずに「熱燗に」としましょう。一句の流れを切断せず、一句一章の形を取った方が柔らかな情感が生まれます。

添削　**熱燗にほぐるる兄の国訛**

原句　いつか死は近しきものに冬霞

ある程度の年齢にならないとこういう感懐は出てこないもののようです。齢を重ねて人生の山坂を経験し、身近な人の死を見送ったりもしたことでしょう。ふと気がついてみれば、自分にとって死は恐ろしいだけのものではなく、人生の味わいを深めているのかもしれません。死が「近い」のではなく「近しい」というのはそういうことです。
「は」の助詞は限定した強調になりますから、「を」を使って溶け込んだ表現に。

添削　いつか死を近しきものに冬霞

原句　郭公や山裾近くに友の家

俳句は五・七・五の韻文。リズムが命です。とりわけ中七はリズムを整える要《かなめ》。この部分の字余りは大方が失敗します。原句は中八音で散文的な表現になっています。無駄な助詞の「に」を外すだけで韻文としての引き緊まったリズムが生まれます。

添削　郭公や山裾近く友の家

「近く」は「近き」でもよいでしょう。助詞の用法を考えるときには、同時に省略することにも心を留めてほしいと思います。〈人の声〉が〈人声〉、〈一つの枝〉が〈一枝〉というように一つの名詞に括って使うという方法もあるのですから。

間違えやすい音便表記

《ポイント》

音便というのは発音上の言い易さのために、もとの音とは違う音に変化することをいいます。

〈イ音便〉の例　聞きて→聞いて

〈ウ音便〉の例　問ひて→問うて

〈撥音便〉の例　飛びて→飛んで

〈促音便〉の例　取りて→取って

などですが、間違え易いのは〈ウ音便〉の場合で、例にあげた〈問うて〉は終止形が〈問ふ〉であるために〈問ふて〉と表記する間違いがよくあります。

なんだか難しそうですが、やっているうちに覚えてきます。

原句　てっぺんが咲ゐて危ふし葵かな

「咲ゐて」は〈咲いて〉〈咲きゐて〉、どちらのつもりだったでしょう。〈咲きゐて〉は正しい表記ですが中七字余りになりますから〈咲いて〉を採用して、仮名遣いについておさらいします。

文語の〈咲きて〉は、もちろんこのままの形で用いられますが、イ音便の変化をすると〈咲いて〉となります。これは歴史的仮名遣いの場合でも〈い〉でよいのです。「ゐ」の表記にはなりません。

イ音便の例として、《ポイント》にあげた〈聞きて〉のほかに〈付きて〉〈書きて〉など、いずれも〈付いて〉〈書いて〉となります。

さて、原句に戻りましょう。「葵」にはいくつか種類がありますが、原句は〈立葵〉を指しています。白、赤、ピンクなどの花が、一メートルを越す高さを次々に下から上へ咲きのぼります。てっぺんまで辿りついて咲く頃は、そろそろ花時を過ぎてきます。

この時期の花の形状を「危ふし」と捉えたのは作者の感覚です。盛りを終えようとしている立葵にふと不安定な印象を覚えたのでしょう。

「危ふし」は形容詞終止形で、ここで切れてしまいますから連体形で「危ふき」と下に繋がるように。「かな」を使うかどうかは好みですが、内容に対して強すぎる感じがありますから、下五を名詞の止めにします。

添削 **てっぺんが咲いて危ふき立葵**

「危ふき」のように、形容詞連体形の〈き〉と、過去を表わす助動詞〈き〉の終止形は混同されやすいので、活用表を左記にあげておきます。

形容詞の活用

種類	基本形	語幹／語尾	未然形	連用形	終止形	連体形	已然形	命令形
ク活用	深し	ふか	○ から	く かり	し ○	き かる	けれ ○	○ かれ
シク活用	楽し	たの	○ しから	しく しかり	し ○	しき しかる	しけれ ○	○ しかれ
用法			バ・ズ に接続	ナル・キ に接続	言い切る	トキ・ベシ に接続	ドモに接続	命令で言い切る

助動詞〈き〉の活用

語	未然形	連用形	終止形	連体形	已然形	命令形	接続	意味
き	（せ）	○	き	し	しか	○	連用形（カ変・サ変除く）	過去

用言（動詞・形容詞）の重なりを避ける

《ポイント》

用言（動詞・形容詞）は事物の動作や作用を表す言葉で、それが二つ以上あると句の焦点が分散しやすくなります。重ねて使う効果や音数の問題もあったりしますが、基本的には重ならない表現を心がけるべきです。

原句　志賀直哉旧居は閉ざし馬酔木咲く

奈良の春日大社二の鳥居から春日の森を縫って続く、通称ささやきの小径。その尽きる辺り、高畑町に志賀直哉旧居があります。ご存知の方も多いでしょう。まことに静かな環境の処で、この句の静謐さは旧居のたたずまいを髣髴とさせてくれました。

志賀直哉は『小僧の神様』『城の崎にて』などによって知られ、〈小説の神様〉の異名を持つ作家でした。大正十四年から昭和十三年までこの地で暮らし、中断していた『暗夜行路』の結末部分も此処で書き上げました。

それらのことは知っていても知らなくても句を味わうのに直接関わるものではありません。読み手はただそれぞれが抱いている志賀直哉の印象を、この句によって膨らますことができる、そういう許容量を持つ作品です。

細かい部分で少し手直しをしましょう。「は」の助詞は強調や限定の意が強くなりますから外して「閉ざしぬ」と。また、「閉ざす」「咲く」と動詞が二つ重なってうるさくなりますから「花馬酔木」とすれば充分。簡潔な表現を心がけて。

添削　**志賀直哉旧居閉ざしぬ花馬酔木**

作者が訪ねたこの日は休館日だったのか、それとも夕暮近く閉まったところに行きあってしまったものでしょうか。白い馬酔木の花がひっそりと咲いているばかりだったのでしょう。「花あしび」と平仮名にするのも、柔らかい印象になります。

そういえば、俳誌「馬酔木」を主宰した水原秋櫻子に、奈良で詠まれた馬酔木の句がありました。

来しかたや馬酔木咲く野の日のひかり

馬酔木咲く金堂の扉にわが触れぬ

先述したささやきの小径も、馬酔木の純林の中です。

原句　犬の耳ぴくりと動き雷きざす

「雷」は季語の分類では〈天文〉に入ります。これと「犬」との取り合わせは、自然現象と一動物の生態という対比を鮮やかに印象づけます。

原句はこの対比に「……動き……きざす」と二つの動詞が重なって、因果関係の構図になっています。雷だけでなく「きざす」という動きを呼び込んだために、原因・結果が強く意識される形になってしまいました。もう一つ、中七には「ぴくりと」の語があります。この語があれば「動き」を省くこともできます。

犬や猫はときどき耳をぴくりと動かしますが、これは生体の意思とは無関係な自律神経のなせる作用のようです。これに着目した面白さを生かすには「雷」の音は得策ではありません。雷を感じて耳が動いたという報告に過ぎなくなります。〈天文〉の季語の中から大柄な性格のものを考えてみましょう。

〈日の盛〉〈旱《ひでり》空〉〈油照〉〈大西日〉〈雲の峰〉、もう少しおとなしい言葉を選ぶなら、〈朝曇〉などもあります。

いずれにしても、自然現象と一生命の対比という構図になりますから、作者の気持に近いものを探すのが一番です。一応の例として、次のように。

添削　犬の耳ぴくりと動く油照

猟犬の耳のぴくりと雲の峰

あとがき

私の俳句の出発は句会からでした。

知っていたのは〈俳句は五・七・五〉、それだけです。季語や切れ字といった約束ごとなど何ひとつ知りませんでした。それでも習うより慣れろで、見様見真似でやっているうち何とか形はついてくるものです。初学の頃は俳句の題材は無数にあるように思えましたし、何といっても十七音に言葉を凝縮することで別な世界が生まれてくるのは新鮮な面白さでした。俳句を始めた人の多くがそうではなかったでしょうか。

さて、私の体験に照らしても問題はそれからです。ひと通りのことが出来るようになってしばらくすると、そこから先が見えてこない。同じところで足踏みしたまま抜け出せない。そんな膠着状態に陥る場合もまた多いのです。同じような発想、同じような言い回しを重ねた揚句、つまらなくなってやめてしまう。そんなことにもなりかねません。

ではどうしたらよいのか。もう一度初心に還って基本を見直しつつ、自分の作品に何が足りないかを見極めるところから始めてはどうかと思うのです。

本書ではお寄せいただいた作品をもとに、表現のどこがどう良いか悪いか、考えることに重点を置いたつもりです。感じ方の違いもあることでしょう。むしろ、そのように自分の考えをはっきりさせること、それこそが大切です。さらに、先人のすぐれた句に学ぶために参考例を載せてありますので、じっくり味わうことをお勧めします。

私自身も作品の添削を通じて、あらためて俳句について思いをめぐらす機会をいただきました。

この本が次の一歩を目指す人たちの実作の一助になれば嬉しいことです。

平成二十六年　立秋

原　雅子

原　雅子（はら まさこ）
昭和22年　東京生まれ
平成14年　現代俳句協会年度賞受賞
平成17年　角川俳句賞受賞
現在「梟」同人、「窓」代表
現代俳句協会会員、日本文芸家協会会員
句集『日夜』『束の間』
著書『俳句の射程―秀句の遍歴』
共著『鑑賞女性俳句の世界』『相馬遷子―佐久の星』

ポイント別俳句添削講座

2014年11月5日　第1刷発行
2023年 6月5日　第2刷発行

著　者　原　雅子
発行者　飯塚 行男
編　集　星野慶子スタジオ
印刷・製本　シナノパブリッシングプレス

株式会社 飯塚書店
〒112-0002 東京都文京区小石川5-16-4
TEL03-3815-3805 FAX03-3815-3810
http://izbooks.co.jp
郵便振替00130-6-13014

ISBN978-4-7522-2073-2